MW00411749

Tócame

La Serie Completa

Adoro Leer

Un Romance Erótico
de Sofía Vega

Derechos de Autor

Para Ronald

Índice

Tócame - Libro 1

Era realmente desafortunado que Carla había tenido que ser operada de emergencia a causa de una apendicitis hace dos días. Ellas habían comprado los boletos para este viaje de manera espontánea. Ir a Costa Rica había sido idea de Carla, ella convenció a Amanda de que fueran juntas para pasar una semana de vacaciones de amigas en aquel paraíso tropical; y así descansar, tomar cócteles y ver a hombres guapos en la playa. Carla argumentó que sería una buena manera de sacarse a Juan Carlos de la cabeza.

Cuando Amanda fue a visitar a su amiga, ésta le aseguró que no se preocupara por ella, estaba fuera de peligro, pero debía guardar reposo después de la cirugía, razón por la que tristemente no podía acompañarla.

–Sólo porque yo no pueda ir no significa que tú no debas. Necesitas un descanso y cambio de escenario. Además, ahora que yo no voy con más razón deberías buscarte un tipo bien guapo allá para olvidarte de Juan

Carlos. Un clavo saca a otro clavo ¿cierto? –dijo Carla.

–No sé –titubeó Amanda –¿qué haré sola allá toda una semana?

–Follarte al primer ejemplar que te brinde un trago, –replicó Carla guiñándole el ojo. Amanda se rió del comentario tan directo de su amiga. Ella no era de esas mujeres modernas que se acostaban con un hombre en la primera cita, pensó.

–Está bien, iré, pero me debes una por mandarme sola para allá, –Amanda le apretó la mano a su amiga que estaba acostada, y con un beso en la mejilla se despidió –Mejórate pronto ¿sí?

–Cuenta con eso. Y tú… ¡diviértete por las dos!

**

Amanda guardó su equipaje de mano en el portaequipajes sobre su asiento, se sentó en el puesto al lado de la ventana y abrochó su cinturón, ya recostada sobre el respaldar cerró los ojos y suspiró, estaba agotada, por lo que se quedó dormida en pocos momentos.

–¿Te gusta? Chúpatelo todo, –ella solo gimió en forma de respuesta mientras le chupaba el miembro. Detrás del escritorio él estaba sentado en su silla de oficina, tenía las manos enredadas en su cabellera rubia que subía y bajaba rítmicamente. Había un espacio entre el escritorio y el suelo donde se podía ver claramente que ella estaba arrodillada sobre la alfombra frente a él.

–¡Me encanta como me lo mamas! Eres una perrita golosa. Te voy a dar lo tuyo por chupármelo tan rico.

El impacto del avión aterrizando sobre la pista la despertó de golpe, interrumpiendo la pesadilla. Abrió los ojos y miró a su alrededor, los dos asientos al lado de ella estaban desocupados; y por la ventanilla observó el mar en el horizonte. Se llevó las manos a las sienes y aplicó presión buscando aliviar el dolor de cabeza. El recuerdo del sueño que acababa de tener se sentía como una puñalada. La escena que había soñado no era producto de su imaginación, había sucedido.

Cuando se bajó del avión el aire caliente y húmedo abrazó su cuerpo, sintió las gotas de sudor brotar en su piel. Solo quería llegar al hotel, ponerse el bikini y beber una piña colada bien fría.

Después de pasar por inmigración y recoger su equipaje fue directamente a la salida y pidió un taxi. El recorrido en auto hacia el hotel era idílico, el paisaje a través de la ventana era una abundancia de plantas de grandes hojas verdes y altas palmeras, el cielo estaba completamente despejado y el azul del mar la tenía hipnotizada.

Cuando llegaron al hotel, le pagó al taxista y subió por las escaleras al área de recepción. Allí dio su información y tarjeta de crédito. Amanda le informó a la recepcionista que su amiga había tenido que cancelar a último momento por una emergencia, por lo que únicamente se alojaría ella. La mujer le sonrió amablemente y ofreció cambiarle su cabaña por una de cama matrimonial, en lugar de la habitación de dos camas individuales que había reservado, como no era temporada alta el hotel estaba prácticamente vacío.

Cuando todo estuvo listo Amanda le sonrió y dio las gracias mientras que un muchacho joven de estatura mediana y sonrisa amable llevó su equipaje y la guió hacia la cabaña donde pasaría la semana. Ella lo siguió por un sendero curvo que tenía varios tramos. Los senderos se desviaban de la vía principal para dirigirse hacia las cabañas playeras con techo de palma. Su cabaña era la número 7, el muchacho abrió la puerta con la llave, dejó su equipaje apenas pasando el umbral y le dijo que para cualquier cosas que necesitara sólo tenía que llamar a la operadora del hotel.

Amanda sacó un billete de su cartera y le dio una propina. Al entrar por la puerta no pudo evitar suspirar de asombro, la cabaña estaba decorada de forma rústica, blanco y crema contrastando con los tonos oscuros de la madera.

En el centro del espacio que servía de habitación había una cama *king* de cuatro postes de caoba, la estructura de la cama estaba recubierta de una cortina blanca semitransparente que era la red anti-mosquitos. Frente a la hermosa cama había una ventana panorámica: de piso a techo, con vista al mar. Al acercarse al ventanal comprobó que era una puerta corredora de vidrio que se abría hacia un pequeño balcón que tenía una mesita redonda y dos sillas. Corrió la puerta hacia un lado y sintió la brisa marina y el olor a salitre.

El mal rato que había vivido en las últimas semanas asomó su cabeza como una serpiente envenenando el ambiente paradisíaco, sintió las mejillas húmedas y se dio cuenta de que estaba llorando. ¿Cuántas veces le había pedido a Juan Carlos que se escaparan a un sitio así? Él siempre decía que más adelante, tenía importantes proyectos de trabajo que necesitaban su atención.

Antes de conocerlo ella viajaba cada vez que podía, le encantaba la aventura de lo desconocido y la magia de lugares nuevos. Al principio de su relación hacían pequeños viajes en auto durante algún fin de semana, pero después Juan Carlos no tenía tiempo ni para eso.

Amanda se sentía cansada y derrotada, la relación que creyó que iba a ser su final feliz resultó una tragedia, un infierno donde ella había perdido tres años de su vida con un patán que no hacía nada por ella.

Pero eso iba a cambiar. Carla tenía razón, ella necesitaba estas vacaciones para despejar su mente y cambiar de escenario. El sonido de las olas apaciguaba su alma adolorida y el paisaje la revitalizaba. Menos mal que había seguido su intuición y empacó su cámara, podría tomar unas fotos increíbles en este lugar.

Aún era temprano, así que Amanda se cambió, se puso unas sandalias, un vestido de suave algodón blanco, debajo del cual tenía un bikini morado. Cogió un bolso en el que guardó una toalla, la billetera, el teléfono móvil, la llave de su cabaña y su cámara réflex digital.

Caminó por el sendero curvo, pero en vez de regresar al área central del hotel se fue por un camino con un letrero que decía "Playa". Cuando sus pies llegaron a la arena se quitó las sandalias y las llevó en la mano. Sus pisadas se hundían en la suave arena blanca, siguió caminando hasta llegar a la orilla del mar, la arena aquí era más firme, y a pesar del calor tropical el agua que le llegaba a los tobillos estaba fresca.

La playa estaba vacía, salvo por alguien que estaba practicando *windsurf* con una vela de color azul oscuro y naranja neón. Amanda quedó impresionada por la velocidad a la que se movía. La tabla cortaba la superficie del agua como una navaja. De pronto ella vio como la vela se inclinaba en un ángulo peligroso.

Amanda resolló cuando la tabla saltó en el aire girando 360 grados sobre sí misma, el hombre soltó la vela unos instantes y ella pensó que chocaría contra el agua, pero recuperó el agarre de la botavara y volvió a saltar en el aire con la tabla, dando dos vueltas más.

Él no se iba caer, era evidente que este tipo no era un principiante, era un acróbata. Amanda sacó su cámara y giró el lente para que tuviera el mayor alcance posible de su objetivo. Ajustó las funciones y empezó a disparar con una serie de clic-clic-clic en rápida sucesión, captando los movimientos ágiles del *windsurfista*.

Quizás había tomado alrededor de 50 fotos cuando el hombre hizo un último salto en el aire antes de dirigirse directamente hacia donde estaba ella. El hombre era alto, Amanda estaba asombrada viendo los músculos de sus brazos bajo la camisa manga larga de neopreno que lo abrazaba como una segunda piel. Cuando estaba a unos pocos metros de la orilla soltó la botavara y la vela cayó al agua, el hombre se bajó a pocos pasos de donde ella estaba parada en la orilla de la playa.

Su piel y su cabello eran dorados, por tantas horas bajo el sol. Ella lo miró sonriendo y estaba a punto de halagarlo por sus acrobacias cuando él habló primero.

–¿Estás filmando? –preguntó el con tono acusatorio.

–Eh… no. Te estaba fotografiando, –respondió Amanda confundida por el comportamiento abrupto del *windsurfista*.

–¿Quién te pagó? –dijo él.

–¿Qué?

–¿Tienes agua en los oídos?. Tú me oíste. ¿Quién te pagó?

–No sé de qué estás hablando.

–No te hagas la tonta, chiquilla. Dime ¿quién carajo te pagó para fotografiarme?

–No soy ni una tonta ni una chiquilla –respondió enfurecida ante las acusaciones del hombre–, pero tú obviamente eres un patán narciso que cree que el mundo gira a tu alrededor. Para tú información estoy aquí de vacaciones, me estoy quedando en el hotel.

Ella hurgó en su bolso que seguía colgado de su hombro y sacó la llave unida a una concha de coco picada por la mitad con el número '7' dibujado en blanco. Sacudiendo la llave frente a su cara Amanda dijo: –Llegué hoy, después de haber pasado un mes de *mierda*, y estaba disfrutando el espectáculo que estabas haciendo ¡hasta que te acercaste y abriste la boca!

La cara de él cambió de expresión iracunda a una de perplejidad y luego espanto.

–¡No sabes cuánto lo lamento! .Disculpa, pensé que eras una espía de uno de los otros competidores.

–Guárdate tus excusas para alguien a quien le importe, ¡patán! –y con eso Amanda se dio media vuelta y caminó rápidamente en dirección hacia el sendero que la llevaría de regreso a su cabaña. Pero cuando llegó a la caminería optó por cambiar de rumbo. Tras andar unos minutos se encontró en un área común donde había una piscina panorámica que parecía fundirse con el mar y una gran churuata con un barra y varias mesas vacías.

Se acercó a la churuata y se sentó en la barra, apoyando su bolso sobre el taburete contiguo. Un hombre de cabello canoso y bigote, vestido con una camisa de estampado floral se acercó y le dijo: –Buenas tardes, señorita ¿puedo ofrecerle algo?.

–Hola, sí. ¿Una piña colada, por favor?.

–Muy bien, una piña colada, dijo asintiendo con la cabeza.

Al poco tiempo volvió con una copa llena con la bebida; y adornada con una pequeña sombrilla y un trozo de piña picado en forma de triángulo encajado en el borde de la copa.

–Gracias, respondió Amanda con una leve sonrisa. Tomó la pajita entre los labios y saboreó el coctel refrescante.

–¿Qué te trae a nuestro hermoso país? –preguntó el señor.

Amanda se encogió de hombros y dijo –Iba a venir con mi mejor amiga, ella quería traerme para tomar unas vacaciones y descansar, pero dos días antes de venir le dio apendicitis y la tuvieron que operar de emergencia. Pensaba cancelar el viaje ya que ella no podía venir, pero insistió en que el cambio de escenario me vendría bien.

–Ah… problemas del corazón entonces.

Amanda alzó la mirada y vio una chispa conocedora en la mirada del hombre.

–¿Cómo supo? –preguntó perpleja.

–Cuando tienes tanto tiempo como yo, en mi oficio, sabes cuando alguien bebe para celebrar o bebe para olvidar. Y usted señorita, parece que quiere olvidar.

–Así es, me gustaría mucho poder olvidar.

–Pero si olvidamos todas las cosas malas que nos suceden, entonces ¿cómo aprendemos de nuestros errores? .El fracaso es un mejor maestro que la victoria.

–Honestamente no sé que debo aprender de lo que me

pasó. La única lección que creo que aprendí es que más nunca debo confiar en un hombre –dijo con pesar.

–Este hombre, ¿te traicionó con otra mujer?

–Sí. Con su secretaria.

–Es un idiota. Tiene que serlo para no apreciar lo que tiene. Usted es una buena mujer.

–Ni siquiera me conoce, ¿cómo sabe que soy una buena mujer?

–¿Es usted una mentirosa?

Amanda alzó la vista afrontada –¡No!

–¿Es usted una mujer violenta?

–¡Por Dios! .¡No!

–¿Alguna vez ha estado con un hombre porque sea rico o tenga un buen auto?

–¡No!

–¿Usted cuida a sus seres queridos y se considera una mujer trabajadora?

–Sí, eso… eso creo –respondió más sumisa.

–Entonces, señorita. Es usted una buena mujer, –dijo con una sonrisa.

Amanda soltó una risita. –Gracias por el cumplido, señor.

–Me permite darle un consejo, señorita.

–Amanda, llámeme Amanda, por favor.

–Amanda, dijo, mientras las puntas de su bigote se levantaban con una sonrisa, no deje que la idiotez de un hombre le cierre el corazón a todos los buenos hombres que le falta por conocer. Créame, aún existen.

Yo tengo 25 años de casado con mi esposa, y hemos tenido momentos buenos y momentos difíciles, pero yo nunca la he traicionado con otra; y ella nunca me ha traicionado con otro. Para que el amor entre dos personas resista en el tiempo, es fundamental que haya respeto, comunicación, lealtad, honor y afecto.

Amanda quedó muda por unos momentos.

–Gracias, señor. Es un buen consejo, trataré de

aplicarlo.

–José. Mi nombre es José.

–Gracias, José. Si me permite decirlo, usted seguramente es un unicornio.

José alzó las cejas en asombro y luego echó la cabeza hacia atrás, soltando una gran carcajada. Su risa era contagiosa y Amanda también se echó a reír con él. Su ánimo estaba mucho mejor, le pidió otra piña colada y siguió charlando con José, quien le estaba hablando de todas las cosas que podría hacer y los sitios que podía visitar en la tierra de *Pura Vida*.

Ya estaba terminando su trago cuando alguien dijo a sus espaldas: –José, los tragos de la señorita van por cuenta mía, por favor.

José frunció el ceño ante la petición y luego se encogió de hombros diciendo: –Si tú lo dices, Max... y si Amanda lo permite...

El *windsurfista* de la playa se sentó en el taburete vació al lado de Amanda. Había cambiado su camisa de neopreno por una guayabera blanca manga corta que resaltaba el color de su luminosa piel. Ella lo miró con desprecio y le dijo de manera tajante: –Yo puedo pagarme mis propios tragos o ¿acaso quiere sobornarme para fotografiar a su competencia? . Ella, notoriamente había pasado al usted…

Max alzó las manos aceptando su derrota.

–Me lo merezco, me comporté como un verdadero imbécil en la playa. Te pido disculpas, no fue mi intención ofenderte, pero al verte en la playa, sola, en la orilla, con la cámara en mano, pensé lo peor.

No se me cruzó por la mente que eras huésped del hotel, ya que los temporadistas no llegarán sino dentro de dos semanas. Estaba aprovechando el tiempo libre para practicar mis giros para la competencia nacional que se llevará a cabo en un par de meses.

Así que había acertado. Él era un profesional, ¿de qué otra manera era posible hacer las acrobacias que había hecho en el agua?, pensó Amanda. Al menos tenía la decencia de disculparse. El nudo rojo que se le había hecho en el estómago estaba empezando a aflojar.

–Está bien, dijo ella, acepto tus disculpas.

Cuando sonrió la expresión le llegó hasta los ojos, por primera vez Amanda notó que eran azul claro como el agua de la playa y brillaban aún más por el tono dorado de su piel.

Él entonces le estrechó la mano, ella a su vez tomó su mano dubitativamente; y sintió un chispazo al tocar su mano fuerte y callosa.

–Mucho gusto, Amanda.

–Yo soy Max, soy instructor de *windsurf* y otras actividades aquí en el hotel.

–Pensé que dijiste que eras *windsurfista* profesional.

–Lo soy, pero cuando encuentras una manera de practicar lo que te apasiona todos los días, lo haces de cualquier manera; y en mi caso eso no se trata solo de competir, sino de enseñarle a los demás tu oficio para que ellos descubran algo que les encanta o los entretiene mientras están aquí.

Amanda sonrió– Sí, entiendo. Pero en la mayoría de los

casos la pasión no paga las cuentas.

–¿Y cuál es tu pasión, Amanda?

Amanda sintió calor en las mejillas, menos mal que el clima tropical disimulaba su rubor. Ella desvió la mirada de sus penetrantes ojos azules y respondió con voz baja: –La fotografía... me encanta capturar momentos y plasmarlos de una manera más permanente.

–Claro, con esa cámara, seguramente eres fotógrafa profesional, ¿no?

–No, para nada. Es un pasatiempos. Mi mamá me regaló la cámara como obsequio de graduación cuando terminé la universidad.

–¿Qué estudiaste?

–Artes visuales.

–¿Trabajas en eso?

–No –respondió con tono melancólico–, soy secretaria ejecutiva en una constructora.

—Bueno, nunca es tarde para hacer realidad tus sueños, dijo Max con tono optimista. Fue gracias a José que yo materialicé el mío.

—¿En serio? —Amanda alzó la vista con curiosidad.

—Sí. Hace cinco años vine acá de vacaciones con un grupo de amigos. Me enamoré del mar y del *windsurf*. La última noche antes de volver a casa me senté en esta barra a tomar unos tragos y empecé a conversar con José. Él me dijo que la vida es demasiado corta como para desperdiciarla haciendo algo que no me hace feliz.

—Vaya. José definitivamente tiene buenos consejos, ¿quién imaginaría que conocería a un sabio unicornio en este viaje?.

Max la miró con expresión pasmada, Un sabio... *¿unicornio?*

—Amanda intentó contener su sonrisa ante la expresión y tono de voz de Max, pero cuando él se echó a reír ella también lo acompañó.

El tiempo había pasado volando mientras conversaba con Max, sin darse cuenta el día se estaba terminando.

Al voltear la cabeza por encima de su hombro contempló el atardecer. El sol se acercaba cada vez más a la línea del horizonte, el reflejo de su luz pintaba una franja luminosa sobre el mar. El cielo estaba lleno de tonos naranjas y rosa.

–Dame un momento, le dijo a Max. Sacó su cámara y caminó hacia la piscina para retratar el paisaje.

Estaba tan absorta en lo que estaba viendo que no se percató de que él estaba parado justo detrás de ella, hasta que escuchó su voz.

– Te ves hermosa cuando estás sacando fotos.

Ella se volteó, y en su prisa tropezó con sus propios pies y estuvo a punto de caerse de rodillas al piso, pero él la sostuvo por los hombros y la ayudó a recuperar el equilibrio. Estaban tan cerca que cada uno podía sentir el aliento tibio del otro sobre su piel, un aliento que despedía un aroma de mar y salitre. Amanda no sabía si era por los tragos o por la conversación tan estimulante que habían tenido, pero se sentía intoxicada por su proximidad.

Max todavía la sujetaba por los hombros, no quería soltarla, empezó a acariciar sus brazos, su piel se sentía tan suave bajo sus manos. Su cabello castaño revoloteaba con la brisa y cuando alzó la mirada y vio sus ojos color miel sabía que se arrepentiría si desechaba esta oportunidad.

Suavemente tomó su cara entre sus manos; y sin dejar de mirarla acarició una de sus mejillas con la yema del dedo pulgar, apartó los mechones que revoloteaban en su rostro, se acercó y posó sus labios sobre los suyos. El beso era suave, tentativo al principio, pero a pocos momentos de sentir su boca contra la suya, cuando ella entreabrió los labios, concediéndole permiso a su lengua para explorar su boca, ella dejó escapar un suave gemido y ese sonido despertó su deseo como una bestia hambrienta.

El beso que tuvo lugar entre los dos pareció detener el reloj, cuando se separaron él le preguntó.

–¿Te gustaría ir a un sitio más privado?, ella asintió con la cabeza.

–Sí, podemos ir a mi cabaña.

–¿Cuál es?

–La siete.

Le pasó las manos por el rostro una vez más, rozando sus labios con el pulgar, tomó su mano y la guió hacia el sendero.

–¡Espera! ¡Mi bolso! .Ella se soltó de su mano y caminó hacia la barra que estaba desatendida, no veía a José por ningún lado, pero era algo que agradeció, ya que le daría mucha vergüenza mirarlo a la cara después de haberse besado con Max.

Cogió el bolso y caminó hacia donde Max la estaba esperando, extendió su mano y ella lo tomó, reconfortada por ese gesto. Caminaron por el sendero, ahora iluminado por unos faroles que despedían una luz tenue. Cuando llegaron a la cabaña ella sacó la llave de su bolso y abrió la puerta. Al entrar, ella metió la llave para trancar el cerrojo, cuando se volteó Max estaba allí, el nudo de furia que había sentido en la playa estaba completamente disuelto, ahora se sentía consumida por el deseo de volver a besarlo y sentir sus manos sobre su cuerpo.

Max volvió a tomar su rostro entre las manos y la besó con intensidad, estaba consumido por la suavidad de sus carnosos labios, la tenía aprisionada con su cuerpo, contra la puerta, ella sentía su erección presionada contra su vientre. Entonces separó su cara a pocos centímetros de la de ella; y le preguntó:

–¿Estás segura que quieres hacer esto? .Si quieres que me detenga lo haré, si quieres que me vaya me iré, no quiero hacer nada que no quieras hacer. Ella lo miró, conmovida por lo que le estaba diciendo.

–No, no quiero que te vayas, por favor sigue. Se acercó y mordió suavemente su labio inferior, él soltó un sonido como un gruñido y siguió besándola.

Sus manos deslizaron por su cintura hasta llegar al dobladillo de su vestido. Le encantaba sentir sus manos ásperas recorriendo su piel, las pasaba por encima de sus nalgas, sus caderas, jugaba con las tiras del bikini. Sus manos desamarraron las tiras que sujetaban la pequeña prenda a sus caderas, acarició su pubis, cuya capa de vello era muy corta, bajó hasta su húmeda abertura; y la encontró, al deslizar su dedo entre los labios e introducir uno en su sexo.

–¡Dios! ¡Estás tan mojada! –carraspeó contra sus labios –¡Quiero verte desnuda! –dijo sacando el dedo de su abertura para poder alzar el vestido por encima de su cabeza. Soltó las tiras de la parte superior del bikini y dejó caer al suelo la prenda, con el resto de su ropa.

–Voy a llevarte a la cama, dijo alzándola en sus brazos. La cargó y la depositó suavemente. Él se despojó de toda su vestimenta; y ella no pudo quitar la vista de su pecho, de las líneas de sus músculos pectorales; y de su abdomen, que la seducían.

Se acostó al lado de ella, la tomó por la cintura y la acercó hacia él. Ella sintió la firmeza de su erección; y él recomenzó a acariciarla mientras la besaba. Nunca antes había estado tan excitada, Max exploraba su cuerpo con una cadencia deliciosa, estaba gratamente sorprendida de la manera como un hombre tan fuerte la tocaba con tanta delicadeza.

– Por favor tócame, tócame otra vez, no pares.

Ante su petición Max llevó su mano hacia su sexo

hambriento, introdujo un dedo en su abertura resbaladiza por su humedad, después de penetrarla varias veces así, extrajo su dedo recubierto de su crema y empezó a tocar su clítoris con movimientos circulares. Amanda soltó un gemido y se agarró de sus hombros, besándolo con desesperación por el placer que escalaba en su interior. La tocaba más rápido, aumentando la presión, ella estaba jadeando en su boca y movía las caderas involuntariamente buscando mayor fricción.

–Acaba para mí, preciosa. Quiero sentir como te corres en mi mano.

Sus palabras la hicieron ceder, el orgasmo la sacudió, una ola de placer tras otra hasta que quedó tendida sin fuerzas entre sus brazos.

– Quiero estar dentro de ti, Amanda – susurró –, pero no tengo protección.

– Estoy tomando la píldora, la tomo desde hace tiempo, así que no hay por qué preocuparse.

La besó con fruición antes de arrodillarse entre sus piernas. Pasó sus manos por encima de sus caderas, subiendo por su cintura hasta llegar a sus senos, las estrujó y pellizcó sus pezones con los dedos, provocando los pequeños picos erectos.

Acercó su sexo hinchado a su hendidura, más húmeda que antes por el orgasmo que había tenido hace pocos momentos. Separó sus labios y entró en ella, ambos gimieron cuando la penetró. Y le dijo entre dientes, que estaba caliente y apretada.

Ella sólo respondió con más gemidos. Empezó a moverse lentamente, entrando y saliendo, el calor de su sexo lo estaba enloqueciendo, la agarró por las nalgas alzando sus caderas para llegar más profundo. Ella apoyó los tobillos sobre sus hombros. No acostumbraba mantener contacto visual cuando hacía el amor, el pudor se apoderaba de ella, pero la intensidad con la que la miraba mientras la penetraba la hizo sentir como si no hubiese más nada en el mundo que él deseaba más que ella.

Le hacía el amor lentamente, enterrando su miembro en lo más profundo de su interior, despertando terminaciones nerviosas que ella ni siquiera sabía que tenía. No podía pensar, solamente sentía su asta estirando su canal. Estaba agarrada de sus musculosos brazos, empezó a ondular las caderas para que se moviera más rápido, otra ola de placer estaba creciendo en el centro de su cuerpo.

Agitó la pelvis con mayor velocidad, cada impacto la llevaba más cerca del borde, afincó las uñas en sus brazos pero él no dio indicación de que le molestara.

–Suéltate, Amanda. Déjate ir. Quiero ver tu cara mientras acabas y estoy dentro de ti.

Sus palabras la deshicieron y se dejó ir, el clímax sacudió su cuerpo y los músculos de su sexo se contraían rítmicamente alrededor de su enorme miembro. El calor de su hendidura y los espasmos de su placer lo empujaron por el borde, soltó un gemido gutural y vació su orgasmo en ella, llenándola de semen.

Flexionó los brazos para besarla, su cuerpo aún enterrado en el de ella, su pecho oprimiendo sus senos bajo su peso. Jamás se había sentido tan excitada y cómoda con alguien. Le respondió con un suave beso y acarició sus labios con la lengua.

Así era como el sexo debería ser.

***

Max deslizaba los dedos por el costado de Amanda hasta su cadera y otra vez hasta la curva de su seno. No sabía cuánto tiempo llevaba haciendo eso, pero ya era de día. Despertó con el amanecer; y encontró a Amanda acurrucada en su costado con la cabeza apoyada sobre su hombro y una pierna tendida sobre las de él. El tiempo parecía haberse detenido y estaba contento de quedarse así.

–Mmm... ¿qué hora es? –preguntó Amanda con voz somnolienta.

Max miró su reloj pulsera– Son las 6:30.

–Tengo hambre.

–Yo también, respondió él girando su cuerpo y posicionándola nuevamente bajo él. Ella se rió.

– No hablaba de ese tipo de hambre. Aunque no te puedo negar que es tentador, dijo contoneando las caderas bajo su pelvis. El movimiento fue suficiente para endurecerlo otra vez. La electricidad entre ambos se encendió nuevamente, Max se acostó de lado detrás de Amanda, con una mano manoseaba sus pechos mientras que la otra bajó para acariciarla entre las piernas. Con apenas sentir sus manos sobre el cuerpo se humedeció, esto era inaudito, nunca le había sucedido algo así con ningún otro hombre. Max despertaba la mujer sensual que no sabía que existía en ella.

Entreabrió sus labios con los dedos mientras besaba su cuello, ella abrió las piernas más para facilitarle el acceso a su abertura necesitada.

–Ya estás mojada, preciosa, carraspeó en su oído, excitado aún más por la excitación de ella.

Deslizaba dos dedos en su interior y los sacaba para pasarlos por su raja hasta su clítoris, frotarla y volver a penetrarla. Amanda no podía evitar mover sus caderas, apretando sus nalgas hacia su erección.

–Necesito que me llenes, Max. Necesito tenerte adentro de mí, dijo con la voz ahogada de placer.

Max retiró la mano y guió su miembro erguido a su sexo hambriento, ella arqueó la espalda para que la penetrara en esa posición, sintió como su longitud la invadía, estaba en el cielo, la llenaba a capacidad, sus músculos se estiraban para acomodar su gran tamaño.

Cuando estuvo completamente dentro de ella se empezó a mover hacia delante y hacia atrás. No iba al ritmo suave y pausado de la noche anterior, había despertado con hambre de su cuerpo, con cada estocada sus nalgas chocaban contra su pelvis; y el ruido aumentó su excitación.

Volvió a brindarle atención a su clítoris, frotándolo con dos dedos rápidamente, ella sintió las cosquillas que se expandían y crecían desde su núcleo, con cada impulso se acercaba más al éxtasis. La frotaba rápido y duro, sus dedos patinaban por su humedad, el placer ya era insoportable, el orgasmo la hizo soltar un grito ahogado mientras su cuerpo so contraía alrededor de él. Apenas sintió las contracciones chupando su miembro, Max vació su semilla que salía a borbotones en ella.

Ambos permanecieron en la misma posición, respirando de manera entrecortada. Cuando Amanda por fin pudo recuperar el aliento se separó delicadamente de Max.

–Me voy a bañar rápido y ahora sí vamos a comer, de lo contrario no tendré energías para estos maratones.

Él seguía en la cama con el cabello revuelto apoyado sobre su costado, le regaló una sonrisa irresistible y dijo:

–Trato hecho.

Amanda salió del baño vistiendo un vestido corto sin tirantes. Max contuvo el aliento al verla; era hermosa y sensual, las curvas de sus caderas y su pequeña cintura pedían ser agarradas. Amanda sintió la penetrante mirada de Max como una caricia sobre su piel. Este hombre la hacía sentirse bella y seductora; y la había llevado a experimentar en una sola noche el encuentro más apasionado que jamás había vivido.

Nunca antes un hombre la había acariciado de esa manera, como si fuera algo precioso e irresistible.

Después de la traición de Juan Carlos, esa tarde cuando entró a su oficina en plan de comer un almuerzo sorpresa; y ella fue la sorprendida ,cuando se lo encontró con su secretaria arrodillada entre sus piernas, Amanda se sentía fea y tonta, como si de alguna manera hubiese podido haber hecho algo diferente.

La embargó el sentimiento de que si ella hubiese sido suficiente mujer, él no le habría montado los cuernos con otra.

–¿Todo bien?, preguntó Max al notar el cambio de expresión en su mirada, como si una sombra hubiese opacado su felicidad.

Amanda sacudió la cabeza para deshacerse de los pensamientos no deseados de Juan Carlos. Quería pasar la página, y el destino le había regalado un guapísimo instructor de *windsurf* para olvidarse de ese antiguo capítulo en su vida.

– Sí, mejor imposible, respondió con una sonrisa sincera. Aunque mejor que ahora sería comer un plato típico de acá. ¿Conoces a alguien que sepa de un buen lugar para desayunar?.

– Permítame ser su guía, señorita, dijo Max, haciendo un gesto exagerado y señalando hacia la puerta.

En ese instante alguien tocó la puerta de la cabaña, Amanda pensó que quizás era algún empleado del hotel, pero apenas abrió vio a Juan Carlos, vistiendo unos jeans y un camisa gris. Sostenía un girasol en una mano y con rostro compungido le dijo:

–Vine por ti, mi amor. Te fuiste sin dejarme explicar...

Max miró de Juan Carlos a Amanda, sus pensamientos se atropellaban unos sobre otros, ¿había dejado a su novio en casa?, pensó. No quería creerlo.

–¿Qué querías explicar, Juan Carlos? –dijo Amanda, recobrando la compostura–. ¿Qué tu secretaria se tropezó y cayó de boca entre tus piernas?

–No es lo que piensas, cariño.

"¿Y este imbécil es tan cara dura como para excusarse después de que lo encontré en el acto?", pensaba Amanda, llena furia y de la humillación que corrían por sus venas como una toxina.

–¡Espera!, dijo Max, hablando por primera vez. ¿Este imbécil te montó los cuernos con su secretaria? .

–¿Y quién coño eres tú, dijo Juan Carlos, dirigiéndole una mirada cargada de desprecio. Max se volteó hacia Amanda.

– ¿Quién es este tipo, Amanda?.

—El peor error de mi vida, dijo mirando a Juan Carlos con dolor.

—¿Pero qué dices, nena? .Estás confundida replicó Juan Carlos.

—¡No, Juanca! .Estaba confundida, pero ahora veo todo con claridad. ¡Eres un patán egocéntrico que lo único que hiciste fue humillarme y hacerme sentir como una pobre estúpida! .Amanda miró a Max con ojos implorantes; por favor Max, ¡sácame de aquí!.

—Claro, Amanda. Vámonos.

—¡Oye tú! No toques a mi mujer, gritó Juan Carlos, Amanda, el único sitio adónde tú irás es a casa conmigo.

Max se paró en frente de ella, cubriendo su cuerpo con el suyo como una pared protectora, y le habló a Juan Carlos de manera tranquila y amenazante.

—Amanda no es propiedad tuya, ni de nadie. Ella decide con quién se quiere quedar y adónde quiere ir ¿me entendiste *marica*?.

–¿A quién llamas *marica*? ¡Mamagüevo!

–A ti, ¡*maricón*! , dijo Max sin perder ni por un momento su escalofriante calma. Porque solo una *marica* como tú desperdicia su oportunidad con una mujer como ella.

Amanda tenía los nervios de punta, jamás imaginó que Juan Carlos supiera donde estaba, mucho menos que iría tras ella. Por otro lado se sentía reconfortada por la actitud de Max, la hacía sentir como un tesoro protegido.

Max se dirigió a Amanda .Vámonos de aquí, mi amor. Este malparido no merece tu compañía.

–¿Así que te estás follando a este güevón?, ¡*perra*! , dijo Juan Carlos, sus palabras llenas de veneno . ¡Desde la primera vez que te cogí supe que eras una *puta*!.

Apenas escuchó lo que dijo Juan Carlos, la visión de Max se tiñó de rojo, estaba dispuesto a ignorar sus impertinencias de ego adolorido con tal de alejar a Amanda de ese sujeto; pero no podía permitir que la ofendieran así en su presencia.

Con dos zancadas se acercó a Juan Carlos y le atestó un puñetazo en la boca del estómago, apenas se dobló por la mitad por el impacto le dio otro puñetazo en la quijada, mandándolo directamente al suelo. Mientras se retorcía de dolor amenazando con llamar a la policía por agresión, Max cuadró su pierna y le dio una fuerte patada en las bolas.

De pie sobre su cuerpo herido, Max le dijo con calma asesina: aléjate de Amanda, si vuelvo a verte cerca de ella te lo corto ¡*hijueputa*!.

Se dio media vuelta y puso su brazo alrededor de su cintura. Vámonos, Amanda. Este imbécil no merece estar cerca de ti . La guió por la puerta hacia el sendero, dejándolo tirado en el piso de su cabaña. Max sacó su teléfono móvil e hizo una llamada mientras se dirigían hacia el área común del hotel.

–¿José? Sí, hola es Max. Hay un tipo tirado en la cabaña número 7. Es el ex-novio de Amanda. La estaba acosando e intercedí. Vale… sí… está bien, gracias, José.

–¿Qué pasará con él? preguntó Amanda.

–José y otros muchachos del hotel se encargarán de él. Lo recogerán, le meterán un poco de miedo, lo amenazarán con llevarlo a la policía y si se comporta como el perro arrepentido que es, irá directamente el aeropuerto para volver a casa. Aquí las cosas funcionan de otra manera. Nosotros cuidamos a los nuestros respondió Max. Y nadie se mete con mi chica, dijo, agarrándola por los hombros y mirándola directamente a los ojos.

Una sensación de serenidad y afecto floreció en el pecho de Amanda. Gracias Max, no sabes cuánto aprecio y agradezco que estuvieras a mi lado y me defendieras de ese patán. Se acercó a Max, e inclinando su cabeza hacia arriba le dio un tierno beso en los labios.

–No tienes que agradecérmelo, mi amor, dijo él envolviéndola en sus brazos, nunca permitiré que te lastimen.

Amanda rodeó su cintura con los brazos y apoyó la mejilla en su hombro, inhalando su aroma de sol y mar. ¿Cómo había terminado con un hombre así?, se preguntaba. Era atractivo, masculino, un dios en la cama; y además era un caballero.

No quería pensar que debía irse en unos días. ¿Cómo podría volver a su trabajo de oficina tan aburrido después de conocer el paraíso? .Pero quedarse aquí era un sueño, ¿en qué trabajaría?, ¿dónde viviría? .Las cuentas no le daban para quedarse más allá de la semana que duraba su viaje. Además, ¿qué pensaría si ella le dijera que quisiera quedarse más tiempo con él?.

Empujando esos pensamientos a un lado, se separó suavemente de su abrazo y le preguntó: ¿qué hacemos ahora?

–Ahora, voy a llevarte a comer un *Gallo Pinto,* dijo Max con una gran sonrisa.

***

Max llevó a Amanda a un pequeño un restaurante local llamado *Mi Cocina Rica*, el ambiente era familiar y acogedor; y el plato de *Gallo Pinto* que Max le sugirió, por ser un plato típico de allí, era el desayuno de campeones que ella necesitaba para recuperar las fuerzas después de la fogosa sesión sexual tanto de la noche anterior como de esa mañana.

–¿Qué te gustaría hacer mientras estás aquí?, preguntó Max después de tragar un bocado de arroz con frijoles bañados en salsa Lizano.

Amanda tomó un sorbo de café mientras pensaba.

- No estoy segura... Carla y yo no habíamos planificado mucho este viaje cuando ella me planteó la idea. Más bien fue una decisión espontánea, creo que ella quería sacarme de casa y distraerme.

–¿Por lo de Juan Carlos?

Amanda sintió el calor escalar sus mejillas, bajó la mirada avergonzada y asintió.

–Hey, no sientas pena, dijo alargando su brazo y alzando su rostro con los dedos bajo su mentón. El que debería estar avergonzado es él por arruinar su relación con una mujer tan hermosa como tú.

–Gracias, dijo Amanda tímidamente. La verdad es que desde que lo encontré con su secretaria... ya sabes...

Me he sentido como… insuficiente. Quiero decir, debe haber algo mal en mí para que él buscara a otra mujer ¿cierto?.

−¡Nada que ver!, dijo Max. Cuando alguien traiciona a su pareja, es porque quiere algo que no consigue con esa persona, pero eso no quiere decir que tú eres la culpable. Y la realidad es que él es un cobarde, porque si fuese un hombre de verdad hubiese terminado la relación antes de enrollarse con su secretaria.

−¿Por qué estás siendo tan dulce conmigo?, preguntó Amanda, apenas nos conocimos ayer.

−La verdad es que no sé, Amanda. Hay algo en ti que me atrae… intensamente. Sé que nos conocemos desde hace poco, pero… me gusta conversar contigo. Eres inteligente y divertida. Tienes el cuerpo de una diosa y no puedo dejar de pensar en cuánto quiero tocarte… por todas partes.

Amanda se ruborizó con sus palabras, y una sonrisa complacida se le dibujó en el rostro.

−Gracias. Lo mismo digo.

Max se sintió endurecer entre las piernas con tan solo imaginarla desnuda otra vez, gimiendo bajo sus manos. Requirió de toda su fuerza de voluntad para no llevársela al auto y follarla allí mismo en el asiento trasero.

–¿Te gustaría ir a la playa o pasear por los centros comerciales?, preguntó Max.

–José me recomendó que visitara algunos parques nacionales, dijo que la flora y fauna tropical era algo que no podía dejar de ver.

–Como siempre, José tiene razón, dijo Max. Te llevaré a uno de los mejores parques naturales ¿te parece? .

–Me encantaría, Max. Pero no quiero que desatiendas tu trabajo por mi culpa.

–No te preocupes, como ya te había dicho, los temporadistas no vendrán hasta dentro de dos semanas, mientras estés aquí seré tu guía personal, dijo guiñándole el ojo.

***

Cuando llegaron al *Parque Nacional Manuel Antonio,* Amanda no daba crédito a lo que veía. El follaje de la selva era denso; y creaba un toldo natural que los protegía del sol ardiente. Había sacado su cámara y estaba tomando fotos de la luz que atravesaba el espacio entre enormes hojas de los árboles cuando vio un movimiento fugaz cruzar su campo de visión. Bajó la cámara y para su deleite vio un mono capuchino sentado encima de una rama comiendo una fruta.

–¡Mira, Max!.¡Qué lindo ese monito!.

Max dirigió la mirada hacia donde Amanda le había indicado.

–Sí, son bichitos adorables, siempre y cuando mantengan su distancia.

Otro mono salió del follaje y se acercó al primero, en un movimiento relámpago le arrancó la fruta e intentó huir. A continuación un espectáculo escandaloso tuvo lugar entre los dos primates que luchaban por el pedazo de comida.

–La primera vez que vine para acá un bichito de esos

me robó la gorra que llevaba puesta.

Amanda se tapó la boca con la mano en un gesto de asombro al mismo tiempo que intentaba contener la risa imaginando la escena.

–Será mejor que lleves tu cámara y tu bolso bien sujetos, una vez estaba llevando a un grupo de turistas de paseo por el parque y una chica sacó el teléfono móvil para tomarles una foto.

–A pesar de mis advertencias, la chica se acercaba paso a paso a uno de los monos sentado en una rama baja, estaba actuando el papel de monito manso que se dejaba fotografiar, pero cuando la chica estuvo lo suficientemente cerca le arrancó el teléfono de la mano y se escapó por la selva.

–¡No te creo!

Max se encogió de hombros.

–¿En serio?, preguntó Amanda con voz incrédula.

–La chica no dejaba de llorar por su teléfono robado. Te aseguro, son lindos y divertidos desde lejos, pero esos animales son unos bandidos.

Amanda decidió guardar la cámara en el bolso y llevarlo agarrado con dos manos, no quería perder ninguna de sus pertenencias a manos de esos animalitos.

Después de atravesar el tramo de la selva y ver otros animales aparte de los monos traviesos, llegaron a una playa. Amanda se sentía en el cielo, sin duda era uno de los lugares más hermosos que había conocido. A sus espaldas estaba la selva con su sinfín de ruidos de aves, insectos y demás criaturas, más allá de la arena blanca, el mar emitía su hipnotizadora melodía de las olas rompiendo en la orilla. El agua era serena gracias a la bahía natural que formaban los malecones en cada extremo de la playa, dándole una forma de herradura. El azul del mar era radiante y cristalino, como los ojos de Max; Amanda pensó que ese ahora era su color favorito.

Caminaban por la orilla tomados de la mano y a poca distancia vieron un pequeño grupo de personas. Un hombre le estaba hablando a dos mujeres y dos hombres, una de ellas tenía un corto vestido blanco y una corona de orquídeas adornaba su cabello. ¡Parecía una boda!.

Iban a pasar de largo para no interrumpirlos cuando Max dijo ¿Andrés?.

Un hombre de cabello rizado y piel morena que estaba al lado de la chica con la corona de orquídeas se volteó y una gran sonrisa pintó su cara al reconocer quien lo llamaba.

–¡Max!, dijo con entusiasmo, ¿qué haces por acá?.

–Paseando, enseñándole el parque a Amanda. ¿Y tú qué estás haciendo?

–Pues me estoy casando, hermano, tomó a la chica de la mano y le dirigió una mirada cargada de amor. Ella es mi Mari, la chica dirigió una sonrisa tímida a Max y Amanda.

–Y ellos son el Padre Juan; la mejor amiga de Mari, Carolina; y mi compadre Antonio. todos saludaron con un pequeño gesto de la mano .Lamento no haberte avisado Max, pero como verás es algo bastante pequeño. No queríamos botar la casa por la ventana con una gran fiesta porque necesitaremos comprar varias cosas para el pequeño que viene en camino...

Max alzó las cejas con asombro y con una enorme sonrisa le dio un abrazo a su amigo. ¿Vas a ser papá?. ¡Felicidades, hermano!. ¡Enhorabuena! ¡Bendiciones para ti, tu bella esposa y el bebé!.

–Gracias, gracias. El Padre Juan estaba a punto de empezar, ya que estás aquí ¿por qué no se quedan?.

Max miró a Amanda quien asintió con una sonrisa.

–¡Espera!, dijo la chica que se llamaba Carolina .Se acercó a Max y Amanda con su teléfono móvil en mano .¿Podrías tomar algunas fotos?.

Antes de que Amanda pudiera responder, Max dijo: claro que sí. Amanda es fotógrafa, ella puede tomar las fotos con su cámara, ¿verdad, amor?.

–Claro. Me encantaría ,dijo, mientras sacaba la cámara de su bolso.

La ceremonia era íntima y especial. Amanda orbitaba

alrededor del grupo capturando distintos ángulos y perspectivas mientras el Padre dictaba el matrimonio. Se concentraba más que todo en retratar a los novios, era imposible no enfocarse en ellos. Seguían agarrados de la mano, de pie uno frente al otro.

Andrés miraba a Mari como si no existiera más nadie en el mundo, y Mari le correspondía la mirada rebosante de amor mientras su mano libre acariciaba suavemente su abdomen. A Amanda se le humedecieron los ojos, conmovida por la escena que estaba presenciando.

Ella había creído que se casaría con Juan Carlos; y el recuerdo de su ruptura le avinagró el ánimo, pero luego pensó en las palabras de José, *"No dejes que la idiotez de un hombre te cierre el corazón a todos los buenos hombres que te falta por conocer, aún existen"*.

Miró a Max a través del lente, apenas tenía un día de haber conocido a este hombre, pero nunca antes se había sentido así con alguien. La atracción y química sexual que compartían era explosiva. Las conversaciones con él fluían con tanta facilidad; Juan

Carlos jamás se había preocupado acerca de sus gustos o de su pasión por la fotografía, a él nunca le habían interesado las cosas que le interesaban a Amanda; y con esos pensamientos nadando en su cabeza repentinamente se dio cuenta de que había sacrificado todo lo que a ella le apasionaba para acomodarse y ¡complacerlo a él! .

Se prometió a sí misma que no dejaría que algo así volviera a suceder. No recordaba la última vez que había estado tan feliz. Estaba en un país diferente, conociendo personas nuevas, tomando fotos otra vez, viviendo una aventura, y había conocido a un hombre atractivo y excitante que la trataba como una princesa. Parecía un sueño hecho realidad.

Después que los novios se besaran, todos los presentes vitorearon celebrando su unión. Amanda y Max acompañaron a Mari, Andrés, Carolina y Antonio a festejar en un bar con música en vivo.

Mari se acercó y se sentó al lado Amanda en la mesa que ocupaba el grupo.

–Amanda, ¿es posible ver las fotos que tomaste de la

ceremonia?, preguntó Mari.

–Sí, por supuesto. Amanda buscó la cámara y le enseñó las tomas en la pequeña pantalla digital.

A medida que pasaba las fotos, vio que Mari se llevó las manos al rostro, tenía los ojos llenos de lágrimas.

–¡Gracias! ¡Son tan hermosas! No puedo creer que me veo tan bonita.

–Lo eres, replicó Amanda con dulzura.

–Tú de verdad que sabes tomar fotos. Nunca me había visto así en ninguna foto que me hayan tomado antes, igual Andrés, se ve tan guapo. ¿Se pueden poner en papel?.

–Seguramente, sólo necesito encontrar un estudio para imprimirlas.

–Vale, vale. Yo te las pago.

–No, Mari, por favor. Quiero dártelas. Considéralas como un regalo de bodas.

–Gracias, gracias. Eres un chica muy simpática. Max

tiene buena suerte de tener una novia como tú.

Amanda hizo una mueca. Bueno, él no es mi novio, la verdad es que apenas nos conocimos ayer.

–Eso no importa, dijo Mari con entusiasmo, el amor a veces es así, te atrapa de golpe. Andrés y yo nos enamoramos a primera vista ¿sabes? .Tenemos dos años juntos; y cuando supe que estaba embarazada no sabía cómo iba a reaccionar, pero me dijo que ser papá es el mejor regalo que le podría dar; y para que mis padres no se enojasen quiso que nos casáramos lo antes posible.

–Eres muy afortunada, me alegro por ustedes ,dijo Amanda con melancolía. Yo nunca he tenido buena suerte con los hombres. Hoy me di cuenta que siempre cambio por ellos y ellos nunca cambian por mí.

–Pero el amor no se trata de cambiar por alguien, Amanda, dijo Mari apoyando la mano sobre la suya. El amor es ayudar a la persona a ser quien quiere ser realmente. Yo no le pido a las orquídeas que sean rosas, solo las cuido y le doy lo que necesitan para que crezcan y sean las orquídeas más hermosas que pueden llegar a ser.

En eso llegaron Andrés y Max a la mesa invitándolas a la pista de baile. Amanda posó su mano en la de Max y le dio una vuelta antes de tomarla por la cintura bailando al compás de un merengue que tocaba la banda.

–¿Te estás divirtiendo?, preguntó Max.

–Demasiado, respondió Amanda. Jamás imaginé que estas vacaciones serían tan increíbles.

Al decir la palabra 'vacaciones' la mirada de Max ensombreció. Él había salido con turistas antes, no era la primera vez desde que vivía allí que pasaba una o dos semanas divirtiéndose con una chica que sólo venía de paso, pero había algo diferente con Amanda, ella era diferente.

No era solo porque era atractiva y sensual, cuando sonreía y se mordía el labio ya se ponía duro. Era más que eso, ella era dulce, inteligente, temeraria; le fascinaba verla contemplar todo a su alrededor, ella encontraba belleza en todo.

Él la había halagado cuando le mostró las fotos que provocaron su primer encuentro. Quería decirle que se quedara más tiempo en Costa Rica, con la calidad de fotos que sacaba tendría trabajo sobra, podría quedarse con él y así podían descubrir qué pasaría entre los dos.

Pero no podía decirle eso, la espantaría, apenas se estaban conociendo. Decidió que iba a asegurarse de que se divirtiera al máximo, le iba a mostrar el mejor tiempo de su vida, quizás así ella quisiera quedarse más tiempo. Lo único que sabía con certeza en ese momento es que no quería separarse de ella ni un minuto.

La giró una y otra vez, sacando una risa alegre de su garganta y cuando apretó sus suaves curvas hacia su cuerpo firme le susurró al oído– Quiero tocarte… ¡*toda*!

Al oír esas palabras Amanda sintió un estremecimiento entre sus piernas, su cuerpo sabía lo que se avecinaba y estaba más que dispuesta.

Se despidieron y salieron del bar, la noche era agradable con la brisa refrescante que provenía del mar. Max la llevó en su camioneta por una carretera oscura, cuando Amanda se percató que no regresaban al hotel, preguntó– ¿Adónde vamos, Max?

–Es una sorpresa, respondió sonriendo de manera pícara.

Cuando estacionó la camioneta y apagó las luces todo a su alrededor estaba sumido en oscuridad. Amanda pensó que estaban en medio de la selva, pero podía oír el rugido del mar en la distancia.

Max se bajó y estaba recogiendo algo en el baúl.

–¿Qué tienes allí?, preguntó Amanda cuando lo vio con un morral y una linterna en mano.

–Suministros, dijo crípticamente. Ven conmigo.

Amanda se bajó del auto, agarrando a Max de la mano.

–¿No nos atacará un animal?, preguntó nerviosa.

–No, más bien se alejan por el ruido que hacemos. Además, no estamos tan lejos.

Caminaron unos minutos por un sendero, y cuando Amanda iba a preguntar cuánto más debían andar, vio que la densidad del follaje se estaba reduciendo, llegaron al borde de la selva y estaban en una playa solitaria.

Max se quitó la franela y cuando se sacó los zapatos ella lo imitó, mientras caminaban sentía que la arena aún estaba tibia por el calor que había absorbido del sol durante el día. La luna llena brillaba en el cielo y daba un aspecto surreal al ambiente. Las crestas de las olas parecían plateadas bajo su luz.

Max se detuvo y colocó el morral sobre el suelo. De su interior sacó una gran manta, Amanda lo ayudó a tenderlo sobre la arena. Max se sentó e invitó a Amanda a que se sentara entre sus piernas.

Apartó su cabello y le daba suaves besos en el cuello mientras sus brazos la rodearon y comenzó a manosear sus senos por encima de la ropa. Amanda suspiró, rindiéndose ante sus caricias.

El vestido y bikini que se había puesto ese día no tenían tirantes, por lo que Max liberó sus senos bajándole la prenda hasta la cintura. Sintió la brisa sobre sus pechos desnudos y sus pezones se endurecieron aún más al verse en un ambiente al aire libre. Si alguien decidía pasar por allí podría verlos.

Max provocó los pequeños capullos de sus pechos aún más, pellizcándolos entre sus dedos. Ella se recostaba sobre su cuerpo fuerte, apretaba su entrepierna para intentar apaciguar el deseo palpitante de su sexo.

Max levantó la falda de su vestido y dijo: abre las piernas. Quiero sentir tu humedad.

Amanda lo obedeció agradecida. Sus dedos se deslizaban lánguidamente desde su rodilla hasta su ingle, subiendo hasta sus caderas donde desamarró los nudos que sujetaban su bikini.

Ahogada de excitación inclinó la pelvis hacia arriba, deseosa de ser acariciada.

–¿Quieres que te toque?

–Sí , gimoteó Amanda.

Apenas sus dedos tocaron su clítoris sintió como si acabara de salir bajo del agua. Su cuerpo entero reaccionó ante el contacto con ese núcleo, electrizándola de placer.

Max la frotaba pausadamente, atento a su goce. Su cabeza estaba echada hacia atrás sobre él, jadeando bajo la luz de la luna. Justo cuando su placer iba a desbordarse dejó de tocar su clítoris e introdujo un dedo en su hendidura resbaladiza.

La penetraba con un dedo, luego con dos, Amanda estaba viciada. Volvió a frotarle el clítoris, empapada con su propia crema. Otra vez la llevó al borde y se detuvo un momento antes de que acabara.

–No puedo más, jadeó Amanda, por favor…

–¿Quieres que te haga acabar?

–Sí, Max, sí… por favor, no aguanto más.

–Suéltate, Amanda. Déjate ir.

La frotó con movimientos rápidos y finalmente Amanda llegó a la cima y se dejó consumir por las sacudidas del orgasmo más intenso que había tenido.

A sus espaldas sintió la erección de Max, giró su cuerpo para besarlo. Él se acostó sobre la manta y ella se inclinó sobre él desamarrando y quitándole el bañador. Ella se sentó a horcajadas sobre él, incitando su miembro erecto con su sexo. Alzó las caderas y guió la cabeza hinchada hacia su abertura, pasó la entrada de sus labios y deslizó en su abundante humedad. La penetró totalmente y soltó el aliento que no sabía que estaba aguantando.

Ella se sentía mojada, caliente y perfecta, no quería que terminara nunca. Obligando a su cuerpo a calmarse respiró profundamente, controlando su deseo para que durara. Él quería que ella acabara con él, pero no hasta que estuviese lista para desvanecerse de placer.

–La tienes tan apretada, dijo entre dientes.

Amanda empezó a ondular las caderas hacia adelante y hacia atrás, apoyando las manos sobre sus musculosos pectorales. Sentía como su grosor la estiraba y expandía, intoxicada por la sensación de llenura.

–Me encanta estar dentro de ti, Amanda.

–A mí también, Max. Me llenas demasiado.

Max la agarró por las nalgas y alzaba su pelvis para

llegar a lo más profundo de su canal. Su calor acariciaba la longitud de su asta y su estrechez abrazaba su sexo. Nunca había deseado a otra mujer como deseaba a Amanda. Sus cuerpos unidos encajaban perfectamente y lo único que importaba era su mutuo placer.

Ella aceleró el ritmo, con cada pasada él sintió su estimulación escalar. Sentía que su clímax se estaba concentrando en el centro de su ser. Su sangre se transformó en fuego líquido en sus venas. Estaba tan cerca, quería que Amanda se desbordara con él.

Con el pulgar empezó a frotar su clítoris, el contacto la llevó a cabalgarlo más duro y más rápido. Sintió como su canal mojado se tensaba, preparándose para liberar su orgasmo.

–Acaba para mí, Amanda. Llévame contigo.

Su declaración detonó el clímax que se había acumulado dentro de ella, estalló como una descarga eléctrica pulsando por todo su cuerpo. Apenas se desbordó y lo apretó con sus paredes, Max se dejó llevar y su orgasmo la inundó a chorros.

Max le ofreció una botella de agua que extrajo de su morral, ella bebió el refrescante líquido, saciando su sed.

–¿Cuándo metiste ese morral en tu auto? .¿Planificaste esto?, preguntó Amanda con tono juguetón.

–No, lo único que había planificado hoy era llevarte el parque nacional, el resto del día fue una grata y espontánea sorpresa, dijo Max. Siempre tengo un morral en el baúl del auto para acampar en la playa. Nada le gana a pasar la noche bajo las estrellas.

–Qué aventurero eres, musitó.

–Pero si quieres dormir en el hotel puedo llevarte, agregó él, sintiéndose repentinamente inseguro de que no le gustara la idea de dormir al aire libre.

–No, gracias. Prefiero pasar la noche aquí contigo. Nunca he acampado en la playa; y la idea de dormir bajo las estrellas me encanta.

Él sonrió complacido, sintió su estómago dar un vuelco

de emoción, cualquier otra chica se hubiese quejado de la arena en la ropa o de no dormir sobre un colchón. Amanda era la primera mujer que llevaba a una noche romántica en la playa que quería quedarse, ella era un espíritu libre como él.

Max sacó una cobija y se arroparon con ella. Ambos estaban acostados mirando el cielo nocturno, ella con la cabeza apoyada sobre su brazo. Amanda se sentía hechizada, Max era la personificación de la pasión y la aventura.

El último pensamiento que cruzó su mente antes de que el sueño se apoderara de ella era que nunca antes se había sentido tan libre. Se quedó dormida con el firmamento como su techo y la arena su cama.

El sol estaba asomado a medias en el horizonte cuando Amanda despertó, buscó el cuerpo de Max a su lado pero no estaba. Se sentó mirando hacia los lados y luego en frente hacia el mar. Vio su cabeza asomarse por la superficie del agua y suspiró de alivio. Se quitó el vestido, lo metió en el morral que dejó apoyado sobre la manta y la cobija para luego caminar hacia la orilla.

–¡Buenos días! , gritó.

–¡Buenos días, princesa! , saludó agitando la mano. ¡El agua está divina!.

Amanda metió un pie en la orilla, el agua se sentía fría, ya que apenas estaba amaneciendo.

–¡Está muy fría, dijo haciendo un puchero.

Max nadó hasta que pudo ponerse de pie, el agua corría por su cuerpo firme y musculoso. Amanda contuvo el aliento ante el ejemplar masculino que caminaba hacia ella. Percibió la chispa pícara en su mirada y gritó, ¡ni se te ocurra!, antes de salir corriendo por la playa.

Max le dio caza y en pocas zancadas la alcanzó tomándola en brazos y volviendo al mar turquesa.

Amanda golpeó los puños contra su pecho de manera juguetona, era imposible zafarse de sus fuerte brazos, gritaba entre risas. ¡Suéltame, Max! .¡Suéltame!.

–Como usted mande, su alteza , dijo antes de soltarla

en el agua.

El agua fría envolvió a Amanda despertando su cuerpo de golpe. Cuando rompió la superficie para respirar vio a Max allí parado con una sonrisa burlona en la cara. Con sed de venganza por su frío despertar, agitó las manos buscando salpicarlo.

Sus intentos no hacían nada salvo hacerlo reír más duro, así que optó por otro táctica. Dejó de moverse y se sumergió cual cocodrilo con el agua llegando hasta debajo de sus ojos. Se llenó la boca con el líquido salado, emergió y escupió un chorro que apuntó directamente hacia su cara.

La expresión de asombro de Max fue su victoria de corta vida, apenas se recuperó del impacto se abalanzó tras ella. Otra vez trató de escapar sin éxito al sentir que sus brazos rodearon su cintura apresándola.

–Esa jugada te la voy a cobrar bien caro, niña traviesa , giró su cuerpo para que estuviera de frente al suyo y ella abrazó su cintura con las piernas.

–Pues yo creo que fue una venganza justa por lanzarme

al agua contra mi voluntad, ¡rufián!, respondió rodeando sus brazos alrededor de su cuello.

Ambos tenían el corazón acelerado por el súbito movimiento físico, el agua ya no se sentía fría, sus caras estaban a pocos centímetros de distancia. Max miró a Amanda a los ojos y luego bajó la vista a sus labios. Sus bocas se juntaron vorazmente, el calor del beso evaporaría al mar entero, pensó Amanda, entrelazando sus lenguas en un baile frenético.

Ella seguía abrazada a él con las piernas y brazos mientras en un movimiento fluido desamarró su bañador y extrajo su sexo duro, con una mano rodó la parte de abajo de su bikini y la penetró completamente.

Ella le mordió el labio cuando entró, él gimió ante su desinhibición y enterró sus dedos en la carne de sus nalgas. No dejaban de besarse mientras el movimiento del mar los rodeaba, meciendo sus cuerpos oscilantes, creando una nueva sensación.

El apetito que sentía por Amanda era insaciable, se sentía adicto a su boca hambrienta y su sexo apretado que se acoplaba para acomodarlo perfectamente.

Nunca se cansaría de sentir su cuerpo, recorrer sus curvas y hacerla enloquecer. La necesitaba como un ave necesitaba volar. A pesar de su apariencia femenina y delicada era una mujer fuerte y atrevida. Conquistaba cualquier reto a su paso. No podía dejarla ir.

El agua frenaba su velocidad, pero no aminoraba su fuerza. La penetraba profundamente hasta que sintió la tensión de sus músculos que anticipaban que estaban llegando a su cénit. El mar se movía a su favor, manteniendo el cuerpo de ella aferrado al de él. Retiró una mano de su delicioso trasero y buscó su clítoris, apenas comenzó a frotarla sus caderas respondieron al contacto ondulando sensualmente.

–Di mi nombre, mi amor. Quiero escuchar mi nombre en tus labios mientras te corres, dijo contra su boca.

–Sí, Max. Solo tú me haces sentir así. ¡Soy tuya, Max!.

Su orgasmo la recorrió completamente mientras gemía su nombre contra su boca; y en reacción sincronizada expulsó su clímax dentro de ella, ahogado en su cuerpo.

Deslizó su miembro de su abertura, besaba su rostro salado por el agua de mar.

–Me encantas, susurró Max, hundiendo su cara en su cuello. Me tienes hechizado.

Amanda sintió un torbellino de mariposas volando en su estómago al oír sus palabras. Apenas dos días con él y parecía que habían pasado una eternidad juntos.

–Eres increíble, Max. Nunca había conocido a alguien como tú. Me has hecho sentir y vivir cosas que no sabía existían.

–Entonces quédate, Amanda. Quédate aquí conmigo.

Amanda no podía cree lo que oía. Si antes sentía mariposas en el estómago, ahora sentía pterodáctilos aleteando en su interior. Había mil y una preguntas rondando en su cabeza, pero en ese momento, abrazada en el mar a un hombre que la había hecho sentir más viva que nunca dijo lo que sentía en su corazón.

–Sí. Sí, me quedaré contigo, Max; y lo besó apasionadamente.

Después de secarse y vestirse, recogieron sus cosas y fueron a desayunar. Mientras estaban sentados en una mesa en *Mi Cocina Rica*, disfrutando una taza humeante de café y su plato de *Gallo Pinto*, no dejaban de mirarse el uno al otro sonriendo cual adolescentes enamorados.

–¿Y dónde me quedaré?

–Conmigo, respondió tomándola por la mano y besando sus nudillos.

–¿Y en qué trabajaré?.

–Tu puesto es estar en cocina y planchar mi ropa, ¡mujer! –dijo como si fuese Tarzán.

Amanda abrió la boca, incapaz de articular una palabra. Max se rió a carcajadas ante la expresión indignada en la cara de Amanda. Cuando sus risas se aplacaron dijo:

–Creo que deberías buscar trabajo como fotógrafa.

–No hablas en serio, dijo ella.

–Claro que sí. He visto tus fotos, te apuesto a que muchos te contratarían para que los fotografíes.

–¿Tú crees?, preguntó Amanda, dejando que una pequeña semilla de esperanza se alojará en su interior.

–Pero ya basta de conversaciones serias. Tú aún estás de vacaciones, mi amor. Así que, ¿qué quieres hacer hoy?, preguntó Max.

–Quiero aprender a hacer *windsurf.*

–¿En serio?, preguntó Max, sorprendido.

–Sí ¿por qué no? .Claro, no pretendo ser una pro como

tú, ni de chiste puedo hacer los giros y saltos que haces con la tabla… pero si tengo a mi disposición a mi guía personal que resulta ser un instructor y practicante profesional, pues sería un desperdicio no aprovechar unas clases particulares contigo.

–Eso es verdad, dijo con arrogancia.

–¡Creído!, dijo ella lanzándole su servilleta

–Bueno, bueno… tú sabes que recibir clases con un profesional como yo no es nada barato.

–¿Ah sí?, dijo de manera dramática. Y ¿cuánto me vas a cobrar?.

–Pues, por ti haré una excepción, dijo alzando las cejas como un niño travieso. Tú puedes pagarme en… ¡especies! .

–¡Aprovechado!, exclamó Amanda con falsa indignación. A que le cobras a todas las chicas eso.

La sonrisa traviesa se borró de su rostro y en su lugar la miró con una intensidad que Amanda pensó que la iba a desnudar allí mismo.

—Nunca, dijo en voz baja. Ese precio es sólo para ti.

Amanda sintió que le robaba el aliento. Este hombre tan atractivo, divertido e interesante la hacía sentir como la única mujer en la tierra.

***

Llegaron a un cobertizo de madera en un área de la playa, Max usó la llave que había solicitado en la recepción del hotel para abrir el candado. Una vez adentro, Amanda estaba maravillada ante la cantidad de equipos que había almacenado allí.

Había varias tablas de diferentes tamaños y colores, trajes de neopreno, cascos, velas, equipos de buceo y otros implementos que no pudo identificar.

Max le dio un traje para mujer de neopreno negro y amarillo, diciendo: éste debería quedarte bien, póntelo encima del bikini.

Para él escogió uno negro y azul. Se quitó la camisa y el bañador, y se quedó solo con unos interiores blancos, ajustados, tipo bóxer. Amanda no se había dado cuenta de que se había quedado mirándolo fijamente hasta que él levantó la vista y le guiñó un ojo sonriendo con picardía. Ella se volteó rápidamente, apenada por su comportamiento. Se quitó el vestido y se puso su traje.

Cuando ya estaban vestidos, Max le pasó una tabla a Amanda.

–Lleva esto a la orilla mientras yo llevo el resto.

El mar estaba tranquilo y había buena brisa. Max le dijo que eran condiciones ideales para aprender. Le explicó como debía pararse sobre la tabla usando solamente la vela, cómo levantar la vela sin caerse y sujetar la botavara para usar el viento para navegar. Después de repetir varias veces sobre tierra lo que debía hacer, le dijo que siguiera practicando mientras él traía otra tabla del cobertizo.

Caminaron con la tabla de ella ya armada en el mar hasta que el agua les llegaba al nivel de las caderas. Tan solo la energía que tuvo que usar para levantar la vela y sujetar su peso con la botavara hizo que sus músculos ardieran por el esfuerzo. Agarró la vela como Max le había dicho; y sin imaginar que lo lograría en el primer intento, gritó de emoción cuando el viento la impulsó a través del agua.

–¡Muy bien, Amanda! ¡Eres una windsurfista natural!, gritó Max, aupándola.

La sensación era increíble, el viento la impulsaba hacia delante y refrescaba su piel humedecida por el agua de mar. Se sentía absolutamente triunfante.

Unos minutos más tarde vio a Max pasar a su lado a unos metros de distancia; naturalmente, él iba con más velocidad que ella. Avanzó un poco más e hizo un movimiento que causó que su tabla girará 360 grados sobre el agua. Ella rió divertida por el espectáculo, pero mantuvo sus manos firmes sobre su botavara para guiar su tabla.

Otra vez un poco más cerca de Amanda, Max le gritó unas instrucciones y luego dijo: ¡sígueme! .

Ejecutó sus instrucciones al pie de la letra y otra ola de orgullo la invadió al ver que estaba navegando por sí misma en una tabla de *windsurf* sobre el mar turquesa.

Cuando Max redujo la velocidad y bajó su vela, ella lo imitó. Se sentía como si estuviesen en medio del océano. Ya bastante alejados de la playa, la orilla parecía una fina línea blanca en el horizonte. El sonido del viento zumbaba en sus oídos mientras las olas chapoteaban suavemente contra su tabla.

–¡Esto es increíble, Max!.

–¡Sí! Es mi lugar favorito en el mundo entero. Esto… y tenerte desnuda a mi lado, dijo con una sonrisa.

Amanda no dejaba de sonreír, estaba tan feliz que seguramente los músculos de su cara quedarían pasmados con esa expresión para siempre. Justo cuando pensó que estaba en la cima del cielo, vio una aleta triangular romper la superficie del agua a pocos metros de donde se encontraba Max sobre su tabla.

Sintió que el corazón le subía a la garganta y no la dejaba respirar. Max notó el súbito cambio en la cara de Amanda y volteó para ver qué la había asustado tanto. Entonces él también vió una aleta asomarse entre las olas azules.

El pánico se estaba apoderando de Amanda… ¿qué debía hacer? ¿qué debía hacer?, pensó. En algún programa en la televisión había visto que un hombre logró salvarse atestándole varios puñetazos en la nariz al tiburón. También recordó que los tiburones frecuentemente atacaban a surfistas porque sus extremidades flotando en el agua sobre la tabla se parecían a las tortugas marinas. Los pensamientos presos de terror la atropellaban sin ofrecer ninguna solución. Miró a Max deseando que él supiera qué hacer.

Max le estaba haciendo señas con las manos, le estaba indicando que se calmara, ¿qué le estaba gritando?, cuando abrió su boca por segunda vez lo oyó: ¡Delfín! .¡Son delfines!.

Tragó una bocanada de aire a medida que el alivio la inundaba. Las lágrimas se desbordaron por sus ojos, su corazón seguía latiendo con fuerza por la adrenalina que inundó su cuerpo. Delfines, murmuró para sí misma.

Enfocó la mirada hacia el lugar donde había vislumbrado la aleta, las olas seguían su rítmico baile; y entonces vio la aleta asomarse otra vez. Un instante después vio dos aletas romper la superficie. Estaba estupefacta, ahora atónita por el regalo que la madre naturaleza le estaba dando. Había pensado que se enfrentaría a un demonio marino, pero la realidad era que estaba contemplando un grupo de ángeles acuáticos.

Jamás había visto un delfín en vida real, salvo en la televisión o en videos y fotografías por internet. Ahora estaba viendo no menos de cinco delfines.

–¡Levanta tu vela! le gritó Max.

Él empezó a alzar la vela de su tabla, Amanda no quería irse, quería seguir viendo a los delfines, pero tenía que moverse rápido para que no la dejara atrás. Cuando Max vio que ya había alzado la vela emprendió la marcha, directamente hacia el lugar donde estaban los delfines.

Con cada metro se acercaban más y más a las aletas, hasta que Amanda pudo ver la silueta de un delfín nadando bajo la superficie al lado de su tabla. El agua cristalina le permitía divisar la forma alongada de su nariz y la fluida ondulación de su cuerpo mientras nadaba. Entonces otro delfín acompañó al que estaba viendo, nadaban entrecruzándose, como una especie de danza submarina. Era una visión mágica.

Navegaron un rato más acompañando a los delfines, hasta que Max aminoró el paso lo suficiente como para decirle que sería mejor que regresaran. Amanda asintió y siguió su ejemplo, maniobrando la tabla de *windsurf* para regresar a la playa.

De nuevo sobre tierra firme, Amanda se sentía flotar en el aire.

–¿Te gustó?, preguntó Max, con una sonrisa conocedora en el rostro.

–Si te digo que me encantó, la palabra se queda corta para poder describir esa experiencia. Fue… mágico, surreal, sagrado... y aterrorizante al principio. Cuando vi la primera aleta asomarse en el agua, mi primera reacción fue pensar que era un tiburón, dijo un poco apenada por el terror que la consumió durante esos momentos.

–Los tiburones son depredadores fieros dijo Max con

tono serio, pero no suelen nadar por esta parte de la costa.

–Menos mal que no eran tiburones, dijo Amanda. No sólo practiqué *windsurf*, sino también vi delfines por primera vez en mi vida. ¡Gracias!, rodeó su cuello con los brazos y lo besó en los labios.

Max rodeó su cintura acercándola a él, apretando su cuerpo, inhaló profundamente al sentir como sus voluptuosos senos se estrujaban contra su firme pecho. La deseaba como nunca había deseado a otra mujer.

–Necesito estar dentro de ti, Amanda, susurró, su voz estaba llena de deseo.

***

Cada minuto que pasaba se hacía eterno mientras Max limpiaba y guardaba los implementos que habían usado. Cuando finalmente llegaron a la cabaña de Amanda, ambos sentían la sangre corriendo como fuego por sus venas. Apenas cerraron la puerta, sus cuerpos se unieron como dos imanes en un beso apasionado.

Max estaba consumido de deseo. Sus brazos la rodeaban, agarrándola con fuerza, buscando sentir su cuerpo completamente. Su lengua penetraba su boca, explorando, lamiendo, chupó su labio inferior a medida que sus manos subían por su cintura hasta llegar a las suaves colinas de sus senos.

–Quiero sentir tu piel, Amanda, dijo mientras agarraba el dobladillo de su vestido y lo alzaba por encima de su cabeza, quitándoselo. Con dedos ágiles desamarró el nudo en la nuca que sujetaba su bikini, liberando sus senos. Sus pezones ya estaban rígidos, como dos capullos que pedían ser besados. Cubrió uno con su boca, chupándolo suavemente y luego hizo lo mismo con el otro. Amanda gimió excitada, mientras las manos de Max se deslizaban por la piel dorada de sus hombros hasta enredar los dedos en su cabellera, mientras besaba y lamía sus senos.

Amanda se sentía sensual y deseada. Max la hacía sentir como una mujer debería sentirse, quería entregarle todo a este hombre que la derretía con sus caricias, sus palabras, su fervor. Ahora sus labios besaban su abdomen, cuando llegó hasta su ombligo se puso de rodillas sobre el suelo y enganchando los dedos en la parte de abajo de su bikini, bajó la prenda por sus muslos, exponiendo su sexo desnudo.

Con una mano separó sus piernas, recorriendo el interior de su muslo con una suave caricia que se detuvo por un momento ante su entrada. Con un dedo tanteó y se deslizó por su húmeda hendidura. Amanda sintió sus piernas flaquear mientras su dedo la tocaba en todos los lugares adecuados. Él percibió la reacción en su cuerpo y con su otra mano le dio apoyo agarrándola por debajo de las nalgas sin dejar de entrar y salir de ella.

Acercó el rostro al ápice de sus muslos e inhaló su dulce aroma. Era increíble como su cuerpo respondía a todo lo que hacía con ella, quería tocarla en todas partes, escuchar sus gemidos de placer, sentir como se aferraba de sus brazos y como se contoneaba excitada por sus caricias. Con la lengua hurgó en su suave carne y dio con su clítoris, ese pequeño botón que con la primera lamida hizo sus piernas flaquear otra vez.

Se separó y la guió hasta la cama. Su sexo pulsaba entre

sus piernas, con su erección libre de su bañador ahora tirado en el suelo, requirió toda su fuerza de voluntad para no perderse dentro de ella en ese momento al verla acostada y abriendo sus piernas para él. Se arrodilló otra vez ante ella y halándola por las caderas la llevó hasta el borde de la cama, donde podía contemplar su húmeda desnudez.

La recorrió toda con su lengua, satisfecho con sus gemidos en ascenso. La tocaba y la chupaba, percibiendo como su cuerpo se tensaba cada vez más y más. Mientras más la probaba más crecía su deseo de poseerla completamente.

Amanda estaba invadida de sensaciones, la boca amorosa de Max la estaba haciendo enloquecer, con cada lamida de su lengua sentía como su placer se llenaba como una copa en su interior, dentro de poco iba desbordarse inevitablemente. Jadeando agarraba las sábanas con los puños y ondulaba las caderas.

–¡Dios! ¡Max! ¿qué me estás haciendo? .Sentía como sus dedos la agarraban, afincándose en sus nalgas mientras su boca hurgaba y lamía su sexo. Cuando sus labios envolvieron su clítoris hinchado sintió el estallido y con un grito de éxtasis se desbordó por completo, su cuerpo convulsionando con el orgasmo que avasallaba su ser entero.

Max la miraba embelesado. Amanda estaba hecha para ser adorada; estaba tan agradecido de que ella hubiera decidido venir a Costa Rica; y no podía creer lo estúpido que era su ex-novio por arruinar su relación. Además, había dicho que se quedaría allí con él, lo intentarían juntos; y con ese pensamiento se levantó y entró en su cuerpo, sintiendo como sus cálidos pliegues abrazaban su sexo necesitado.

Sus labios chocaron contra los suyos, entraba y salía de su húmeda hendidura, y murmuró contra su boca: ¡quiero que seas solamente mía!.

Las manos de Amanda se aferraban a su espalda mientras movía sus caderas al compás de sus estocadas, entregándose de lleno a este hombre que había provocado lo que más nadie había despertado en ella antes. Al oír sus palabras, el corazón le dio un brinco en el pecho, haberse encontrado con un hombre como Max le provocaba la más profunda gratitud y alegría. Su atención, sus gestos, su afecto con ella la inspiraba a darle todo lo que quisiera. Estaba completamente entregada.

–Soy tuya, Max. Soy toda tuya, respondió entre jadeos.

Max gruñó y empezó a moverse más duro. Hundió el rostro en su cuello, mordiendo suavemente la delicada piel. Trazó un camino con su lengua hasta el lóbulo de su oreja, su piel sabía a sal marina. La deseaba tanto que no podía pensar, no la soltaría jamás, nunca la dejaría ir.

Amanda gemía desinhibida. Dios, ¿cómo podía esto sentirse tan bien?, ¿cómo podía sentirse tan perfecto? .La conexión entre ellos era electricidad pura. Max la penetraba una y otra vez, su pelvis golpeaba su clítoris con cada embestida. Su cuerpo hipersensible por el orgasmo anterior se volcaba hacia el próximo. Echó la cabeza hacia atrás, y arqueó la espalda, presionando sus senos contra su pecho. La llenaba toda, hasta desbordarla otra vez. Gritó su nombre mientras el orgasmo la inundaba. Apenas sintió la cálida ráfaga en su miembro, Max se unió a ella, derramando su placer en su interior.

***

Al día siguiente Amanda paseaba en busca de un estudio de fotografía. Después de desayunar juntos, Max la dejó en el grande y moderno centro comercial mientras él iba a su apartamento para buscar ropa limpia, y arreglarlo un poco antes de llevar a Amanda a que conociera su piso.

La próxima vitrina que vio era el estudio que buscaba. Podía ver lindas fotografías de retratos de bebés sonrientes y parejas felices celebrando su boda. Esa era la magia que a ella le gustaba capturar con la cámara. Claro, saber de composición y luz era importante, pero lo fundamental para tomar una buena foto era capturar el instante perfecto que transmitía la emoción del sujeto. Las fotos en la vitrina le gustaban porque precisamente veía la emoción en cada persona retratada.

Satisfecha de que el estudio que había encontrado era un lugar serio y profesional, Amanda empujó la gran puerta de vidrio para entrar al local. Había un muchacho joven que estaba viendo su teléfono inteligente detrás del mostrador. Al oír la campana que anunció su llegada el chico alzó la vista; y con sonrisa amable dijo: buenas tardes, ¿puedo ayudarla en algo?.

Amanda le devolvió la sonrisa y dijo sí, gracias. Apoyó su cartera sobre el mostrador y buscó la tarjeta de memoria. Quisiera imprimir algunas fotos, ¿es posible verlas primero?.

–Sí, claro, dijo el chico girando la computadora hacia ella e insertando la pequeña tarjeta en un puerto.

Unos segundos después Amanda estaba viendo las fotos que había tomado hasta ahora con su cámara. Sintió un aleteo de mariposas en el estómago al ver las fotos de Max haciendo piruetas sobre el agua con la tabla de *windsurf*. Seleccionó las tres mejores fotos y las colocó en un archivo. Mientras escogía y seleccionaba varias fotos del matrimonio de Mari y Andrés para dárselas como regalo de bodas, el chico que atendía el estudio dijo:

–Eres muy buena fotógrafa.

–¿Sí? , ¿te parece?. Gracias

–Sí, estas fotos son muy buenas. ¿Alguna vez has trabajado con reflectores?

–Pocas veces, a decir verdad.

–No eres de aquí ¿cierto?.

–No, vine aquí a pasar unas vacaciones.

–Qué lástima. Nuestra fotógrafa de eventos renunció hace un par de semanas y mi papá aún no ha conseguido un remplazo. Si vivieras aquí le diría a mi papá que viera tu trabajo.

–A decir verdad, pienso quedarme aquí más tiempo de lo que había pensado. Me enamoré… de este lugar y no estoy lista para dejar este paraíso.

El chico rió. Sí, nuestro rincón del mundo es bastante especial. No eres la primera ni la última turista que encuentra su felicidad aquí. Tenemos muchas extranjeros que han traído cosas buenas a nuestro hogar. Si vienes para acá mañana a eso de las diez, te presentó a mi papá que es el dueño y le puedes mostrar tus mejores fotos.

Amanda le señaló el archivo con las fotos que quería imprimir y le dejó una serie de instrucciones anotadas acerca de las medidas de las diferentes fotos, además de elegir unos portarretratos. Cuando concluyó con el proceso se despidió de Manuel y aseguró que estaría allí al día siguiente a la hora acordada.

Se sentía en las nubes, Max quería que ella se quedara con él y encima tenía una posible oferta de trabajo haciendo su pasatiempo favorito. Sentía muchísimas ganas de contarle a Max las buenas noticias. Todo era demasiado bueno para ser verdad.

***

Ya era el final de la tarde cuando Max fue a buscar a Amanda a su cabaña en el hotel. Después de salir del estudio de fotografía, Amanda se había comprado un vestido nuevo en una de las tiendas del centro comercial. Regresó al hotel y pasó el resto de la tarde en la playa bañándose en el mar y leyendo un libro acostada sobre una toalla en la arena.

Llevaba el cabello suelto, se había aplicado un poco de rímel en las pestañas y brillo rosa pálido en los labios, combinaba con el color pastel de su vestido de tirantes que se ajustaba, afinaba su cintura y realzaba sus redondos senos.

Su piel se veía luminosa, besada por la tarde al sol; y su mirada centelleaba con la felicidad secreta de la decisión que habían tomado de averiguar cómo crecería su relación al ella quedarse.

Max la miró boquiabierto, una ola de felicidad lo inundó al pensar que esa hermosa mujer le había dicho que en pocos días cuando debía desalojar su cabaña se iría a vivir con él. Nunca antes había vivido con una pareja, pero con Amanda quería descubrir cómo sería.

–Te ves preciosa dijo, recorriéndola con una mirada tan intensa que Amanda se sintió estremecida.

–Gracias, Max. Tú estás muy guapo, como siempre, respondió con una sonrisa tímida.

Caminó hacia él y le besó los labios; mirándolo a los ojos le dijo:

–Tengo algo que contarte. Hoy cuando fui al estudio de fotografía, al hijo del dueño le gustaron tanto las fotos que he tomado que me citó para volver mañana y conocer a su padre que es dueño del local; y ver si quisiera contratarme como remplazo de su fotógrafa de eventos.

Max soltó un alarido triunfante, la agarró por la cintura levantándola del suelo y empezó a girar con ella en brazos.

–¡Viste!. ¡Te lo dije!. Tendrás trabajo de sobra aquí y haciendo lo que más te gusta dijo él, cuando ya la depositó nuevamente sobre tierra firme. ¡Esto debe ser celebrado!. Ven, iremos a cenar y bailar y brindaremos por tu futuro éxito como la mejor fotógrafa de Costa Rica.

Amanda reía enternecida por su alegre apoyo y ambos caminaron agarrados de mano hacia su auto.

Fueron a un bar al aire libre a la orilla de una playa; parecido al que habían ido con Mari y Andrés el día de su boda; y para su sorpresa se encontraron allí con los recién casados. Las chicas se saludaron con un beso en la mejilla y luego Amanda dijo:

–Ya fui a un estudio de fotografía y mandé a imprimir las fotos de tu boda.

–¡Gracias, Amanda!. ¡Qué emoción, no puedo aguantar hasta verlas!.

–Y, ¿a que no sabes qué?, le dijo como una niña que se muere por revelar un secreto.

–¿Qué?, preguntó Mari llena de curiosidad.

–Es posible que me contraten como fotógrafa para el estudio; y sería un sueño hecho realidad, ya que he decidido quedarme aquí con Max.

Mari soltó un chillido de emoción y pegando brinquitos abrazó a Amanda. ¡Qué lindas noticias, Amanda!. Yo sabía que ustedes eran el uno para el otro. Seguro que es la mejor decisión de tu vida, ya verás que sí.

La noche era perfecta, mientras bailaba en los brazos de Max envuelta por la brisa del mar y el aroma a playa, no podía dejar de pensar que estaba viviendo una fantasía. Cuando terminó la pista se excusó para ir al baño. Al salir no vio a Max en la pista de baile. Mientras lo buscaba se topó con Mari y Andrés.

–¿Han visto a Max?, preguntó Amanda, alzando la voz para que pudieran oírla por encima del bullicio de la música.

–Sí, hace poco me lo encontré caminando hacia la barra respondió Andrés señalando hacia un rincón del bar. Allí está, ¿lo ves?.

Amanda se paró de puntillas y logró ver a Max. Era imposible no notarlo. Vestía unos pantalones cortos color caqui que le llegaban hasta las rodillas y una camisa blanca manga corta que acentuaba el lustre de su piel y resaltaba sus ojos azules. Pero su admiración por Max se ensombreció cuando lo vio hablando con una mujer alta y morena en la barra.

La mujer tenía la piel como el chocolate, usaba un vestido corto y ajustado con estampado de tigre. Su cabello oscuro caía en suaves ondas por su espalda. La mujer se movía con la languidez de un felino. Parecía una pantera convertida en mujer; y la depredadora estaba acariciándole el brazo a su novio.

–¿Quién es esa chica con la que está hablando Max?, preguntó Amanda.

Mari y Andrés voltearon para ver y Andrés dijo. Esa es Ana María, la ex de Max.

Por más que tragaba, Amanda no podía deshacerse del nudo que se le había hecho en la garganta. Max no le había contado acerca de Ana María. Sí había mencionado que había salido con turistas para divertirse un rato mientras estaban de vacaciones, pero que eran romances pasajeros, ninguna de ellas le había despertado los sentimientos que experimentaba con ella. También le había dicho que nunca había vivido con alguien, así que por lo menos sabía que no había compartido un hogar con Ana María, pero nunca le había hablado acerca de su ex-novia.

–Yo no me preocuparía por ella, Amanda, dijo Mari tocándole el hombro. Yo no la conozco personalmente, pero sé por boca de otros que es una arpía. Max no sigue con ella por algo y es obvio que te quiere a ti.

Las palabras de Mari la llenaron de valor, por lo que inhaló profundamente y se impulsó a caminar hacia su novio. A medida que se acercaba a la barra, Max la vio y le sonrió. Ana María volteó la cara para ver lo que había captado la atención de Max; y al percibir su reacción ante la chica en el vestido rosa en un abrir y cerrar de ojos posó mano sobre la mejilla de Max, girando su rostro hacia ella y besándolo de lleno en la boca.

Tócame - Libro 4

Amanda sintió una puñalada en el corazón al verla besándolo. Por un momento sintió que la vieja herida que había dejado Juan Carlos se volvía abrir, con más dolor que nunca. Pero esta vez su novio no estaba buscando a la otra mujer. Max agarró a Ana María fuertemente por los hombros y la separó de él.

–¿Pero qué coño te pasa, Ana María?, preguntó furioso.

Ella se contoneó como una víbora en sus brazos y con voz seductora dijo:

–Lo que debí hacer apenas regresé. Tú y yo pertenecemos juntos Max, lamento haberme ido. Ahora sé que fue un error dejarte.

Amanda estaba a dos pasos de Max, al verla cerca soltó a Ana María, apartándola de él y pasó el brazo por encima de los hombros de Amanda, acurrucándola en su costado.

–Quizás tú pienses ahora que era un error dejarme.

Pero para mí fue una excelente decisión, ya que tuve la oportunidad de olvidarte y conocer a Amanda... mi novia –dijo con esa voz de calma asesina que ponía cuando se enojaba.

Ana María miró a Amanda de arriba abajo con desprecio y dijo:

–¿Ésta es tu novia?

Antes de que Amanda pudiese decir algo, Max avanzó, protegiéndola con su cuerpo y le dijo a Ana María, veneno goteando de sus palabras:

–Ella vale por diez de ti, Ana María. Tú no eres más que una serpiente venenosa disfrazada de rama. No te quiero cerca de mí ni cerca de Amanda, así que ¿por qué no regresas al hueco de donde saliste?

Ana María le lanzó una mirada asesina a ambos, se dio media vuelta y se fue. Max se giró hacia Amanda, viéndola a los ojos con mirada suplicante.

–Lo siento tanto, Amanda. No tenía idea que iba a abalanzarse sobre mí así, tienes que creerme, ella ya no significa nada para mí.

–¿Cuánto tiempo estuvieron juntos?, preguntó Amanda, cruzando los brazos sobre su pecho.

–Fuimos novios durante casi un año.

–¿Y hace cuánto tiempo terminaron?

–Hace dos años cuando me dijo que se iba a Nueva York para ser bailarina el mismo día que abordó el avión.

–¿En serio?. ¿Te dijo que se iba el mismo día que se fue?

Max asintió, mirándola intensamente, consumido por el miedo de que Amanda cambiaría de parecer y se montaría en un avión para no volver jamás.

–¡Qué *sucia*! No te niego que verla besándote fue como si me sacaras el corazón con un cuchillo, pero cuando vi tu reacción a su beso supe que ella era la incitadora. Parece que nuestros ex pertenecen al mismo nido de serpientes.

–¿Me perdonas?, imploró Max.

–No tengo nada que perdonarte, Max. Como tú mismo has dicho, ella se abalanzó sobre ti. Creo que se murió de celos cuando te vio mirarme.

–Pues me vale mierda que se muera de envidia. Mi corazón es tuyo, Amanda.

Amanda contuvo el aliento, los pterodáctilos haciendo piruetas en su estómago al escuchar su última frase.

–Estoy enamorado de ti, Amanda. Por favor no cambies de opinión. Si te quedas conmigo prometo hacer todo lo posible para que seas feliz a mi lado.

Amanda sintió que sus rodillas estaban hechas de gelatina. Miró sus hermosos ojos azules que desbordaban amor, y se sintió en el cielo.

–Yo también estoy enamorada de ti, Max. Y te prometo que siempre seré la mejor versión de mí misma que he aprendido a ser estos últimos días a tu lado.

–Vámonos de aquí, mi amor. Es hora que te lleve a casa. Te quiero desnuda en mi cama.

***

Cuando llegaron al apartamento de Max, él la llevó directamente a su habitación.

–Así que ésta es tu cueva, dijo Amanda mirando a la sencilla recámara con una cama matrimonial.

–No es mucho, dijo Max– pero es casa... Nuestra casa por el tiempo que tú quieras estar.

Ella lo miró conmovida, se acercó a él y deslizó sus manos sobre su pecho, tomándose su tiempo mientras desabotonaba su camisa. Se inclinó hacia delante, inhalando su aroma de mar y playa mientras corrió la prenda por sus musculosos brazos. Recorrió sus pectorales con sus besos, la punta de su lengua estimulando los picos erectos de sus tetillas.

Chupó el círculo de piel con su boca y sintió su retumbo de placer. Él intentó desvestirla pero ella negó con la cabeza.

–No. Yo te quiero desnudo para mí primero, dijo con picardía.

Desabrochó sus pantalones y bajó la prenda junto con su ropa interior sobre su creciente bulto. Su respiración se aceleró a medida que lo desnudaba y liberó su miembro erecto. Se arrodilló frente a él y suavemente besó la punta antes de meterse su sexo hinchado de lleno en su cálida boca.

Max gruñó y enredó las manos en su cabello.

–Qué bien se siente cuando haces eso, dijo Max.

Ella pensó que nunca se cansaría de tocarlo o satisfacerlo con su boca. Se estremecía al escuchar sus gemidos de placer. Su propio cuerpo reaccionaba al suyo, su humedad se concentraba y deslizaba entre sus piernas. Trazó la venas salientes de su asta con la lengua y luego acarició la piel sensible de su glande con ella. Su respiración acelerada y el contoneo de su pelvis la excitaban.

Sus lamidas, sus suaves mordidas, sus labios envolviendo su miembro lo tenían intoxicado con lujuria, cada vez que su boca chupaba su sexo hinchado, el deseo se convertía en llamas ardientes que incendiaban su cuerpo entero.

Tragaba su órgano una y otra vez haciéndolo enloquecer. Los latidos de su corazón retumbaban en sus oídos y todos sus músculos estaban tensos. Pero se estaba conteniendo, aguantando el deseo de vaciarse en su boca para perderse en la hendidura entre sus muslos.

–¡Dios! Necesito que te detengas, Amanda. No puedo aguantar más.

La levantó de su posición arrodillada y le quitó el vestido, debajo solo llevaba puesto una tanga de encaje blanco. Resopló al verla y llevó ambas manos a sus senos, apretando sus generosos pechos desnudos. Bajó la cabeza y lamió alrededor de la aureola, luego se llevó el firme capullo de su pezón entre los labios, mordiéndolo suavemente. Un gemido complacido brotó de sus labios mientras apretaba sus suaves colinas y las excitaba aún más con su lengua.

Sus manos luego recorrieron su cintura, se detuvo ante el pequeño pedazo de tela que la cubría y los bajó lentamente por sus muslos ahora dorados por el sol.

Contempló el triángulo de corto vello entre sus piernas antes de acariciarla con dedos voraces que se deslizaron en su húmeda hendidura. Nunca dejaría de sorprenderse al comprobar que su cuerpo siempre estaba abierto y mojado para él.

Con la yema de su pulgar frotaba su clítoris mientras entraba y salía de su raja con su dedo medio. Ella se aferró a su cuerpo, sus piernas perdiendo fuerza ante el implacable estímulo del núcleo de su ser.

—Necesito sentirte adentro de mí, Max. Por favor, suplicó.

La acostó sobre la cama y agarrándola detrás de las rodillas se posicionó entre sus piernas. Ella alzó las caderas, calladamente rogando que la penetrara. La punta de su miembro rozó su entrada, provocando gemidos suplicantes de sus labios. Con el glande recubierta de su crema la embistió en un fluido movimiento, llenando su canal estrecho con su grosor.

Ella abrazó su cintura con las piernas y apretó las sábanas con los puños.

—Eres mía, Amanda, dijo entre dientes, poseyendo su cuerpo.

—Sí, Max. Sí. Soy tuya. Siempre seré tuya.

Su pelvis se movía hacia delante y hacia atrás, su prominente sexo entraba y salía, resbalando entre sus pliegues mojados.

–Sí, sí, sí, decía Amanda entre gemidos.

El clímax estalló en el núcleo de Amanda, haciéndole sentir que se deshacía en miles de piezas. Cada terminación nerviosa en su cuerpo electrizada de placer descontrolado. Gemía con desenfreno mientras Max seguía penetrando su sexo con el suyo. Viéndola bajo su cuerpo, sus senos bamboleando con el movimiento y sus músculos contraídos provocaron que su excitación se concentrara en un punto focal en su interior. Instantes después vació su semilla en ella, sus fluidos mezclándose en la fusión ardiente de sus cuerpos.

Cuando recobró el control de sus músculos, sin salirse de ella giró sus cuerpos para que ella quedara apoyada sobre su pecho y él estaba acostado sobre la cama. Ella lo miró con ternura y acariciando su rostro con los dedos dijo:

–No sabes cuánto me alegra que hayas rechazado a Ana María. Gracias por tratarme como lo haces.

–Me tomaste completamente por sorpresa, Amanda. Honestamente creo que no existe ninguna otra mujer para mí que no seas tú.

–Y yo creo que tú eres el hombre para mí.

***

Dos meses después, Amanda estaba de pie en la orilla de la playa con cámara en mano fotografiando a Max navegando sobre el agua, haciendo sus acrobacias más atrevidas en el torneo nacional de estilo libre de *windsurf*.

Cuando terminó con un giro particularmente rápido ella se unió al coro de espectadores gritando y aplaudiendo su habilidad.

Su vida había cambiado drásticamente desde que llegó al país de *Pura Vida*. Dejó atrás un trabajo que no la llenaba y un novio que le había sido infiel, a cambio de cumplir su sueño de convertirse en fotógrafa profesional y vivir con un hombre inteligente, atlético y sensual que la hacía sentirse como la mujer más afortunada del mundo.

–Espero que no sólo tomarás fotos de tu novio, Amanda –dijo el Sr. Manuel a modo de broma. Él era el padre del chico que le había sugerido trabajar como fotógrafa de eventos y su jefe estos últimos meses.

–Para nada Sr. Manuel, al final de la competencia le pasaré las imágenes que he tomado de todos los participantes y la entrega de los premios.

El Sr. Manuel se despidió riéndose, dejando a Amanda para que siguiera capturando los mejores momentos del evento.

Cuando anunciaron la premiación no dejó de tomar fotos del rostro de Max cuando le dieron el trofeo de primer lugar en su categoría. No podía estar más orgullosa de él.

Cuando el torneo había concluido y habían festejado con los amigos, cansados del largo día, se montaron en el auto de Max y fueron a casa.

El pequeño apartamento era sencillo pero acogedor. Amanda le había dado su toque personal al hogar que ahora compartían. En el dormitorio colgaba un portarretratos con tres imágenes en secuencia donde aparecía Max con su tabla de *windsurf*. Eran las fotos que había tomado el día que se conocieron en la playa.

Sobre la mesa de noche tenía una foto donde ambos se besaban. Esa imagen la había capturado Mari un día de paseo que ella le estaba enseñando cómo usar su cámara. Ella y Mari se habían hecho mejores amigas, y aunque extrañaba mucho a Carla, por lo menos seguían en contacto por teléfono. Ella había venido hace unas semanas. Al principio no podía creer que Amanda renunció a su trabajo en su país y se quedó a vivir en un país tropical con su instructor de *windsurf*. Pero al conocer a Max y verla tan feliz, no pudo sino darle su bendición y su apoyo; además, ahora que su mejor amiga vivía en un destino de vacaciones, decía en su típico tono jocoso, que no le quedaba otra opción sino venir más a menudo y broncearse en la playa.

Amanda estaba mirando por la ventana de su habitación hacia el horizonte oscuro cuando sintió a Max abrazarla por detrás y besar su cabello.

–¿Qué piensas mi amor?

–En lo feliz que soy desde que te conocí.

–Acompáñame a la ducha y te haré aún más feliz, dijo con tono seductor.

–Eso suena como una excelente idea.

Su cuerpo anheló sus brazos el momento que la soltaron. Él se dirigió al baño y abrió el agua, y mientras alcanzaba la temperatura correcta se desvistió.

Amanda se mordió el labio, nunca se cansaría de ver ese cuerpo esculpido por el sol y su energía inagotable sobre una tabla. Era puras líneas firmes y doradas. Bajó la mirada al ápice de sus muslos y vio que se sexo ya estaba duro, esperándola.

–¿Necesitas ayuda para desvestirte o te quieres bañar con ropa?, dijo con tono juguetón.

Amanda sonrió apenada, se había quedado hipnotizada contemplándolo. Rápidamente se quitó la ropa y la dejó en el piso del baño.

Siempre que estaba desnuda ante él su mirada la recorría como una caricia. Despertaba en ella su lado más femenino y sensual, una parte de ella que no sabía que existía hasta que pasaron su primera noche juntos.

El espejo del baño ya estaba empañado por el vapor que despedía la ducha. Apenas se metió bajo el agua caliente sintió como sus músculos soltaron la tensión acumulada por la emoción del día. Max estaba parado detrás de ella y comenzó a enjabonarle la espalda y masajear sus hombros.

–Mmm. Eso se siente muy agradable, musitó Amanda. Cerrando los ojos y sucumbiendo a las manos fuertes y rugosas de Max.

Sus manos deslizaban sobre su piel jabonosa hasta llegar a sus senos. Sus dedos empezaron a acariciar sus pezones erguidos.

–Me encanta tocarte, susurró Max a su oído, acercando su torso, recostando su erección entre sus redondas nalgas.

Mientras una mano seguía sobando su pecho, la otra patinó hasta su pubis. Ella arqueó la espalda cuando las yemas de sus dedos encontraron la perla dura de su clítoris que rogaba ser acariciada.

Al principio la frotó con suavidad, paulatinamente incrementando el ritmo. Amanda no podía evitar mover las caderas ante el delicioso estímulo que provocaba entre sus piernas. El placer se acumulaba en su núcleo, como un sin fin de gotas que se empozaban en su interior, llenándola más y más sin liberación aparente, hasta que su otra mano dejó te tocar sus senos, recorrió la curva de su espalda, de sus nalgas, hasta entrar en su hendidura. La súbita invasión en su hambriento canal desbordó la copa y el orgasmo la inundó por completo, sacudiendo su cuerpo mientras él la sostenía por su sexo.

Cuando la intensidad de su clímax empezó a desvanecerse sintió la cabeza de su carne dura y caliente recorriendo la brecha entre sus nalgas hasta llegar a su abertura. La dulce presión en su entrada hizo que sus labios se abrieran para darle bienvenida en su canal estrecho. Resolló cuando su asta la embistió, sus paredes se estiraban para acomodar su gran tamaño, se sentía a punto de rebosar cada vez que la penetraba con su miembro, y le encantaba.

Su cuerpo la presionó contra la puerta corredora de la ducha. Sus voluptuosos senos aplastados entre él y el vidrio. Se encontraba deliciosamente atrapada. Agarraba sus nalgas y las levantaba a medida que arremetía contra ella. Un gruñido escapó de sus labios cuando ella apretó sus músculos interiores, succionando su órgano.

Su mano regresó a la perla dura de su clítoris y le hacía cosquillas en mociones circulares mientras la penetraba bajo el chorro de agua que aún caía sobre sus cuerpos fusionados. La carga eléctrica que había dejado su orgasmo anterior seguía emitiendo chispas que se avivaban con cada estocada, cada caricia. Su cuerpo se estremecía y apretaba ante la progresión inevitable de su excitación. Ella era suya; cuerpo, mente y alma. Un grito estalló de sus labios cuando no pudo aguantar más la provocación de su sexo hinchado enterrado profundamente entre sus pliegues, y cuando el orgasmo electrizó sus músculos por segunda vez, la sensación de su canal contrayéndose rítmicamente sobre su asta lo llevó a la cima, desde donde vació su semilla, brotando chorros de su blanca esencia en lo más hondo de ella.

Acerca de la Autora

Sofía Vega supo desde que era niña que siempre quiso ser escritora. Su pasión por la escritura la llevó a estudiar periodismo. Además de cubrir eventos importantes en el mundo cotidiano, le encanta el romance y erotismo. Dice que cuando está trabajando en una escena particularmente ardiente, sabe que es buena cuando el cosquilleo entre sus piernas necesita ser aplacado antes de seguir escribiendo. Espera que los lectores también disfruten y se estremezcan con sus historias.

Si quieres contactar a Sofía Vega, escríbele un correo a:

sofiavegaerotica@gmail.com

Contacto

www.adoroleer.com

Escríbenos un email

adoroleer.com@gmail.com

Búscanos en Facebook:

@adoroleerlibros

Twitter:

@adoro_leer

Instagram

@adoro_leer

56844481R00071

Made in the USA
Middletown, DE
15 December 2017